罪な回想

愁堂れな

幻冬舎ルチル文庫

CONTENTS ✦目次✦

罪な回想

✦カバーデザイン＝小菅ひとみ（CoCo.Design）
✦ブックデザイン＝まるか工房

イラスト・陸裕千景子✦

罪な回想

受付で教えられた通りに廊下を歩いていると、前方の扉からひょいと顔を出した若い男が俺の顔を見てにっこり笑った。見覚えのある彼に会釈《えしゃく》を返すと、

「どうもご苦労さまです。どうぞこちらへ」

彼も俺に頭を下げてくれ、またひょいと頭を引っ込める。あの部屋か、と思いながら近寄っていった俺の耳に、さっき顔を覗《のぞ》かせた男が室内に向かって大きな声で叫ぶ声が響いた。

「高梨《たかなし》警視、ヨメさん来ましたよぉ」

コケそうになると続けて、

「お待ちかね、かわいいごろちゃんですよぉ」

という別の声のあと、どっと皆の笑い声まで聞こえ、俺は思わず部屋の前で固まってしまった。

「あれ？」

さっきの若い男が、なかなか部屋に入ってこない俺を訝《いぶか》ってまたひょいとドアから首を出す。

「やだなあ、なにしてんですか、こっちこっち」

呆然《ぼうぜん》と立ち尽くしている俺に向かい、満面の笑顔で手招きしてくれる彼に、『こっちこっち』と言われても、と俺は無理やり愛想笑いを浮かべ——随分《ずいぶん》と引き攣《つ》ってしまったが——手にした紙袋を差し出した。

「あの……これ、高梨さんに渡してください」

「え？」

男は首を傾《かし》げたが、このわけのわからない状況下、とても部屋に入る勇気はない。戸惑《とまど》う男に無理やり紙袋を押し付け、それじゃ、とそのまま踵《きびす》を返そうとしたのだが、そのとき俺の耳に、バタバタという足音とともに、聞き覚えのある大きな声が響いた。

「ごめんごめん、わざわざ届けて貰《もろ》うて、ほんまごめんな」

溜《た》め息《いき》をついて振りかえった俺の腕をがしっとつかんだのは——にこにことそれは嬉《うれ》しそうに微笑《ほほえ》む良平《りょうへい》だった。

「……あのねえ」

なんだってそんな、邪気のない笑顔でいられるのだ、と彼を睨《にら》み付けるその横から、さっきの若い男が良平に紙袋を差し出す。

「警視、はい、これ」

「おおきに」

笑顔で礼を言う良平に男は「それじゃ、ごゆっくり」と意味深に笑うと室内に引き返していった。

途端にまたどっと笑い声が聞こえてきて、俺は良平の腕を引っ張って部屋の前から離れると、にこにこ笑う彼を思わず怒鳴《どな》りつけてしまった。

「一体これはなんなんだ？」

「なにって……なにが？」

良平は不思議そうに問い返しながら、俺が持ってきた紙袋を「なんやろ」とガサガサあさっている。俺は思わずその紙袋を彼の手から取り上げると、

「『なにが』じゃないよ。ほんとになんでこんなに、何から何までオープンなんだ‼」

と目の前の、無精ひげも伸びかけた良平の顔を睨みつけたのだった。


夕方、携帯に良平から電話があった。一昨日《おととい》の夜、当分帰れないかもしれない——といっても俺たちはまだ一緒に住んでるわけじゃなく、良平が毎晩俺の家に泊まりに来るだけなのだが——と電話があって以来の電話だった。

『ごろちゃん、元気か？』

どう聞いても消耗しきったような声が電話越しに響いてきたのに、途端に俺は心配になった。

「俺は元気だけど……良平、あんまり寝てないだろ？」

『なに、そんなに眠そうな声しとる？』

心配が声に表れてしまったのか、良平はわざとらしく明るく笑い、元気であることをアピールしてきた。

「大丈夫か？」

大丈夫と言うんだろうなあと思いながら尋ねると、予想通り、

『大丈夫やて』

良平は尚《なお》も元気に答えてくる。彼の声にどうしても滲《にじ》んでしまう疲労の色に俺は気づかぬふりをしながら、

「どうしたの？」

そんな大変な中、何の用があって電話をかけてきたのだろうと、用件を聞こうとした。

『ごろちゃんの声が聞きとうなって』

甘えた声を出す良平に、

「切るよ」

と冷たく応対する。

『うそうそ、かんにん』

慌てて良平が大仰に騒いでみせる、というお約束のこんなやりとりも、彼の顔を見られなかったこの二日間の寂しさを考えると俺には楽しくて仕方がない。だが、本来なら電話をする暇もないいくらいに忙しいのだろう彼のことを思うと、いつまでもこんなふざけた電話を続けているのも申し訳ないような気がしてしまい——って、しかけてるのは彼の方なんだが——俺は、再び彼に問いかけた。

「で、どうしたの？」

『うん、申し訳ないんやけどね……』

殊勝な声で良平が頼んで来たその内容は、明日も明後日《あさって》も泊まり込みになりそうだから、下着とシャツを署に届けてもらえないだろうか、というものだった。

「署に？」

聞き返す俺の声に躊躇《ためら》いが混じってしまったのは、あの事件のことを——里見《さとみ》の事件のことを、思い出したからに他ならない。もう半年以上も前になる、俺が巻き込まれたあの事件の際、アパートに踏み込んだ刑事たちは、俺が全裸にされた挙句に犯されている姿を見ていた。

彼らとまた顔を合わせることを思うとなんとなく気が引けてしまうという気持ちもあるのだが、俺が躊躇った原因はそれだけではなかった。あの日、良平が俺に叫んだあの言葉を

——俺を愛している、と叫んだ彼の言葉を聞いて、驚きに眼《め》を丸くしていた彼らの顔を、俺は今更のように思い出してしまったからだ。

あのあと良平は署内でマズい立場にたたされなかったのだろうかと心配になり、事件後しばらくたってから彼に尋ねたことがあったが、「心配ない」と笑うばかりで何も教えてはくれなかった。

所謂《いわゆる》キャリアの——いつか公園であった仕事中の良平は、俺と二人のときからは想像も出来ないくらい厳しい顔と態度で部下に接していた——良平の今の立場や、彼の将来を考えると、俺たちの関係はマイナスにこそなれ、プラスに、否《いな》、プラマイゼロにだってなるわけがない。絶対に隠したほうがどう考えてもよさそうだと俺は思っているのだが、いくら言っても良平は「馬鹿馬鹿しい」と笑うばかりで相手にもしてくれなかった。それでもしつこく俺が食い下がると、

「ごろちゃんは自分の心配だけしとったらええんよ。ごろちゃんが周囲に知られとうないんやったら、僕は誰にも言わへんよ」

そんなふうに逆に切り返される始末で、俺は警察内の良平の立場を心配しながらも、心配しているだけでどうすることも出来ずに今まできてしまったのだが、その警察を——彼の職場の捜査一課を訪ねて欲しいと言われ、躊躇《ちゅうちょ》してしまったのだった。

『忙しかったら無理せんでもええよ』

受話器越しに聞こえてきた良平の申し訳なさそうな声に、俺ははっと我に返ると、慌てて尋ね返した。

「いや、大丈夫。何時頃行けばいいかな？」

行きにくくはあったが、良平の役に立ちたくもあり、俺は署を訪れる決心を固めた。最悪、受付にでも預ければいいか、と思ったせいもある。

『何時でもええよ。ごろちゃんの来られる時間で』

ほっとしたように良平は答えたあと、あ、と小さく声を漏らした。

『もしかして……来づらい？』

「え？」

図星を指され、俺が一瞬黙ると、良平は益々《ますます》申し訳なさそうな声になった。

「……せやね、まだ半年しか経《た》ってへんもんね」

ごめんな、と力なく謝罪までしてくる彼に俺は、

「違う」

と慌てて大きな声を出し——そのとき社内にいたので、周囲の視線を集めてしまい、首を竦《すく》めた。

『え？』

良平が受話器の向こうで戸惑った声を上げる。

「俺は全然平気だよ。そうじゃなくて、俺がのこのこ出かけて行って、良平が……」

ヘンな目で見られるんじゃないか、それが心配なんだ、と言おうとした俺の言葉を、明るい彼の声が制した。

『相変わらず、なに阿呆《あほ》みたいなこと言うとるの』

「阿呆みたいって……」

ひどい、と文句を言おうとする俺に良平は、

『そしたら待ってるさかい。何時になってもええからね』

一方的にそう言うと、「おい」と口を挟みかけた俺に向かって、

『ごろちゃん、愛してるよ』

チュッと受話器越しにキスをし、電話を切った。ツーツーという発信音を聞きながら、俺は溜め息をつき――それでも久々にこうして彼の声を聞くことが出来たことが、そして今夜、彼と顔を合わせることが嬉しくて、どうしても顔が緩んできてしまうのを抑られずにいた。

我ながら単純だな、と苦笑しつつ、今日は早々に仕事を切り上げ、頼まれたものを早く持ってってやろう、と思った俺の頭に、ふと、ある考えが浮かんだ。

何時でもいい、と言ってたよな。

その後、俺は頭に浮かんだその計画を実行するため、定時で帰るべく無理やり仕事を片付けると、終業のチャイムが鳴った途端、会社を飛び出し帰路についた。

そして——。

「オープン？」

署の廊下で、良平が首を傾げつつも俺から手提げ袋をまた取り上げ、俺が下着と一緒に詰め込んだ包みを取り出した。

「さっきから気になってたんやけど、これなに？」

「……なんでもない」

ぶすっとして答える俺を余所《よそ》に、良平はくんくんと包みの匂《にお》いを嗅《か》いだあと、

「なになに、もしかしてごろちゃん、わざわざ作ってくれたん？」

顔中口になった、というくらいに大きく笑いながら、持っていた袋を小脇《こわき》に抱えて、包みを解《ほど》き始めた。

「すご……」

蓋《ふた》を開けた途端に子供のように目を輝かせた彼の顔が可笑《おか》しくて、思わず俺まで噴き出してしまう。

そう、折角だから何か差し入れようかな、と思って俺は良平の好物の稲荷《いなり》寿司を作ってき

たのだった。前に一度作ってやったとき、美味《おい》しい美味しいとしつこいくらいに誉《ほ》めてくれたのを思い出したのだ。

良平はたいてい俺が作るものは美味しいと言ってくれるのだけれど、中でも稲荷寿司は格別に気に入ってくれたようで、驚くほどの数を瞬《また》く間に平らげてしまった。

連日の泊まり込みで疲れているであろう彼に、せめて彼が気に入ってくれた稲荷寿司でも持っていってやるかと俺は思いつき、会社帰りにスーパーに寄って材料を仕入れ、家で大車輪で用意をしたのだった。

「ごろちゃん……」

良平が感極まったような表情で、俺の顔を覗き込む。

「……身体《からだ》、無理しないように」

何故《なぜ》か急に照れが込みあげてきて、俺はぶっきらぼうにそれだけ言うと「それじゃ」とそのまま踵を返そうとした。

「ごろちゃん」

良平が慌てて稲荷寿司の入ったタッパーの蓋を閉め片手に持つと、空《あ》いた片手で俺の腕を摑《つか》んで自分の方へと引き寄せようとした。

俺は今更ながら、自分を出迎えてくれた署の人間の応対を思い出してしまい、

「なに考えてんだよ、こんな……」

人目のあるところで、と言おうとしたのだが、そのときにはもう唇を塞《ふさ》がれていた。掠《かす》めるような一瞬のキスに、思わず目を見開き彼を見つめる。

「ありがとね」

にっこりと微笑んだ良平の顔が、驚くほど近くにあった。

「……人が見るだろ」

顔を背ける俺の唇を追って良平がまた掠めるようなキスをしかけてくる。

「……あのねえ」

思わず目を閉じ、その胸に身体を預けたくなる衝動を必死で退けながら、俺は本来彼に尋ねるべきことを思い出しぶつけてやった。

「だいたいなんで俺が『嫁さん』呼ばわりされなきゃいけないいんだよ？」

良平はきょとんとして俺を見、手の中の稲荷寿司を見たあと、

「ヨメさんやないか」

とにっこり笑う。

「………あのさ」

さも当然のように言いきる彼に、急に不安が込み上げてきて、俺は恐る恐る、

「もしかして、俺たちのこと……署内でめちゃめちゃオープンに話してたりして？」

まさかね、と思いつつもそう尋ね、良平の顔を覗き込んだ。

「そんな、なんぼ僕かてなんでもかんでもは言うてへんよ」

あははは、と良平に笑い飛ばされ、ほっと胸を撫《な》で下ろした俺の耳に、安堵《あんど》したことを後悔するような話の続きが響く。

「『週何回くらいやってるか』とか、『どんな体位が好きなんか』とか、そういう下世話な質問は一切拒否してるさかい、安心してや」

あまりに下品なその内容に、俺は思わず、

「馬鹿じゃないか？」

と大声を上げ、彼の胸を突き飛ばした。途端に後方でどっと笑い声が起こり、驚いた俺は慌てて声の方を振り返った。

「ほらな、警視のことだからタダでは帰さないって言っただろ？」

「ああ、負けたぁ……まさか署内でキスするとは思わなかったんだよなあ」

「そうそう、手くらいは握るかとは思ったけどなあ」

先ほどドアから顔を覗かせていた数名の男たちがそう言い合いながら、俺に向かって「どうも」「いつもお世話になってます」と口々に挨拶《あいさつ》し頭を下げる。

「なっ……」

仰天したあまり言葉を失った俺の後ろで、良平の怒声が響いた。

「ええ加減にせえや」

反射的に振り返って見た彼の顔には、怒りの欠片《かけら》もなかった。怒りどころか良平は俺を見てにっこり笑ったあと、また彼らへと視線を向けると、なんと、

「ええやろ、ごろちゃんの差し入れやで？」

タッパーを開けて稲荷寿司を見せびらかし始めたのだ。

「おいっ」

慌てる俺を尻目に、良平の部下たちは、

「いいなあ」

「ほんと、いいヨメさんですねえ」

などと羨《うらや》ましそうに騒いでいる。呆然と立ち尽くす俺の肩を良平はぐっと抱き寄せると、

「ほんま、ありがとね」

そう囁《ささや》いたあと、くすりと意味深な笑いを漏らした。

「……なに？」

度《たび》重なるショックから立ち直りきれないでいた俺は、それでもその妙にいやらしい笑い方が気になり、じろりと彼を睨み上げる。

「はよごろちゃんの『お稲荷さん』も充分味わえるよう、ちゃっちゃと捜査切り上げるさかい、待っとってや」

こそ、とそう囁いてくる良平の足を、なんたる下品！　と、俺は思い切り踏んづけてやっ

た。

「いたた」

大仰に痛がる良平を見て、刑事たちがまたどっと大きく笑う。

「じゃあな」

痛い、と騒ぐ彼に俺はひとこと言い捨てると、笑い続ける刑事たちに頭を下げ、早足でエレベーターへと向かった。

「ごろちゃん、ありがとね」

良平の嬉しげな声が、背中で響く。

「お疲れ様でした」

「また来て下さいね」

刑事たちの明るい声も、廊下に響き渡っていた。

まったく、と俺は大きく溜め息をつきながらも、どう考えてもマイナスにしかならない事象を、プラスに転向できたのは、良平の人柄ゆえかもしれないな、などと考えている自分に気づいて一人で笑ってしまった。

惚《ほ》れた弱みとはいえこれじゃ良平を買かぶりすぎだ。と、そのとき俺はふとあることを思いつき、彼を振り返った。

「なに？　忘れ物？」

良平が俺に向かって首を傾げる。

「洗濯ものとか、持って帰ったほうがいいか？」

俺が尋ねると、良平はまた一瞬きょとんとした顔をしたあと、やにわに俺へと駆け寄ってきた。

「なに？」

驚いて身体を引く俺を片手で抱き締め——もう片方の手には稲荷寿司を持ってたからだ——良平は、嬉しくてたまらないといった声で、

「ほんまごろちゃんは……ええ嫁さんやわ」

と言ったかと思うと、

「嫁さんじゃないって」

よせよ、と抵抗する俺の頰《ほお》に、無理やり音を立ててキスをした。

後ろで刑事たちの大きな歓声があがったのは言うまでもない。


後日、俺のアパートにもよく遊びに来るようになった良平の部下の竹中《たけなか》君——最初に俺に声をかけてくれた若者だ——から、良平は本気で俺とのことを課内で惚気《のろけ》まくっていると聞

かされ、俺は頭を抱えてしまった。

あまりに堂々としたその態度には、最初から誰も、眉《まゆ》を顰《ひそ》めるどころか口を挟む気すらなくしてしまっていたという。プライベートはプライベート、仕事には一切関係ない、というスタンスが良平の場合は何故かあっさりと認められ、課長をはじめ上層部からも特に口出しされることはなかったのだそうだ。

「まあ、それだけではないんですけどね」

竹中君は照れ臭そうに笑ったあと、あの事件のことを持ち出してきた。

「俺たち、あの『愛してる』に感動しちゃったんですよねえ」

お気に触ったらすみません、と謝る彼に俺は、

「いや……」

別にいいんだけど、と首を横に振ったのだが、そんな俺を竹中君は、

「大丈夫っすよ、世間の偏見になんか負けず頑張って下さい。俺たちみんな、応援してますから」

とあまりに明るく、あまりに元気よく励ましてくれ、またもや激しく俺を脱力させてくれたのだった。

「んっ……」

高梨の胸の下で、田宮《たみや》が耐え切れぬように小さく声を漏らした。彼の雄の先端からは既《すで》に先走りの液が零《こぼ》れ、握り込む高梨の手を濡《ぬ》らしている。

脚を大きく開かされた苦しい体勢のまま、高梨が自身を挿入させようとするのを田宮は腰を浮かせて手伝った。さっきまで散々高梨の指で、まるで焦《じ》らすかのように弄《いじ》られ続けたそこは、彼の雄を待っていたかのようにひくひくと収縮し、根元までをもしっかりと咥《くわ》え込んでゆく。

「……っ」

高梨が少し驚いたように目を見開き、田宮の顔を見下ろした。田宮の両脚が高梨の腰へと回り、接合を深めようとしたのはいつもの所作だったが、それだけでなく田宮が意識的に後ろに力を込め、中の高梨の雄を締め付けてきたのである。

「……ごろちゃん」

ゆるゆると抜き差しを始めたそれを断続的に絞られ、高梨は戸惑いながらも普段にないその刺激に駆り立てられ、激しく田宮を突き上げてゆく。

「……んんっ」

田宮が背中を大きく仰《の》け反《ぞ》らせ、限界が近いことを知らせるように小さく呻《うめ》いた。高梨の首に回した彼の腕に一段と力が籠《こも》る。

「一緒に……っ」

高梨が田宮の耳元で囁き、一段と激しく腰を動かし始めたそのとき、いきなり枕もとに置かれた高梨の携帯の着信音が二人の上に響き渡った。

「……っ」

思わず二人して携帯へと目をやったあと、目線を合わせる。

「くそ」

高梨は低く呟《つぶや》くと動きを止め、田宮の中に挿入したまま腕を伸ばして携帯を取り上げた。

「はい、高梨」

荒い息を抑え低い声で答える彼の顔を、田宮はやはり大きく息を吐きながら仰向《あおむ》けに寝て見上げている。

『お楽しみのところすみません。新大久保で殺しです』

携帯から漏れるほどに大きな声でそう告げたのは、高梨の部下の竹中だった。『殺し』と言う単語は田宮の耳にも届いたようで、無言のまま微《かす》かに眉を顰めると自分の脚を高梨の腰

から外す。そのまま身体をずらして後ろから高梨を抜こうとするのを、高梨は素早く彼の腰に手を回して制すると、

「わかった。すぐ行く。場所は？　新大久保の何処《どこ》だ？」

携帯を握り直し、竹中が場所の詳細を言うのを復唱したあとすぐに電話を切った。

「……かんにん」

高梨が田宮を見下ろし、ぼそりと詫《わ》びる。情けなさすぎる彼の顔が可笑しかったのか、田宮はくす、と笑うと、上体を起こし、唇に軽くキスしてきた。

「いってらっしゃい」

同時にずるりと勃《た》ちきっていた高梨のそれが田宮の後ろから抜ける。

「あーあ」

心の底から残念そうな声を上げた高梨が、田宮の上から身体を退《ど》かした。

「ほんまもう……よりによってこんなええときに」

ぶつぶつ言いながら軽くシャワーを浴びるために浴室へと消えていく彼の後ろ姿を見て苦笑したあと、田宮ははあ、と大きく息をつき、やはり勃ちきっていた己を手で包むようにしてベッドの上へと寝転がった。

こんな風に夜中に高梨に呼び出しがかかることはままあったが、さすがに『最中』に電話がかかってきたのは初めてだった。急に抜かれた後ろが寂しい。思い出したようにひくひく

と疼《うず》くその熱を冷まそうと田宮は再び大きく息を吐くと、高梨を見送るために起き上がり、床に落ちていたTシャツとトランクスを身につけた。

「ああ、寝とってええよ」

シャワーを浴び終えた高梨が浴室から出てきて、田宮に慌てたように声をかける。

「すぐ寝る」

田宮は笑うと、身体を拭いている高梨の為《ため》にクリーニングからあがってきたシャツを出してきた。

「……さんきゅ。ほんまごろちゃんはええ奥さんやわ」

いつもの台詞《せりふ》を言いながら高梨は軽く田宮を抱き締め、唇を合わせる。

「遅れるよ」

高梨の腕からするっと抜け出し、田宮は彼を睨んだが、「はいはい」と仕方なさそうに服を着込む高梨を見てまた彼はくすりと笑った。

「あ、せや」

すっかり支度を終え、それじゃ、いってきます、と恒例の「いってらっしゃいのちゅう」をせがもうとした高梨が不意に思い出したように田宮を見る。

「なに？」

早く出かけたほうがいい、と手早く唇をぶつけたあと、田宮は首を傾げて高梨を見上げた。

「ごろちゃん……いつの間にあんなこと覚えたん？」

ぼそ、と囁くその言葉の意味がわからず、

「え？」

と田宮は更に首を傾げた。

「……ほらぁ……えらい今日は積極的やったやん」

高梨はそう言いながら抱き合っていた田宮の尻を摑む。

「……余所で勉強……しとるわけないとは思うけど」

それでも心配そうに眉を顰めて田宮の顔を見下ろす高梨を、田宮がどんと突き飛ばす。

「馬鹿。早く行けよ」

「せやかて」

そっぽを向いてしまった彼に、高梨はしつこく腕を絡め、田宮の顔を覗き込んだ。

「いつも俺ばっかり……から、良平が気持ちいいにはどうしたらいいかなって……試してみただけだよ」

高梨の手を振り解き、田宮が真っ赤な顔でぶっきらぼうに言い捨てる。

「ごろちゃん……」

そうして彼は、感極まった声を上げた高梨の胸をまたドンッと押しやると、おそらく照れているのだろう、

「早く行けって！」

いつになく乱暴な口調で高梨を怒鳴りつけた。

「うふふふふ」

高梨がこれ以上ないくらいに、やに下がった顔をして笑う。

「早く行け！」

ますます紅《あか》い顔になった田宮の唇を「いってきます」と高梨は強引に奪うと、

「待っとってや。すぐに戻ってくるさかい」

近所迷惑を顧みぬ大きな声で叫んで部屋を飛び出した。

「……いってらっしゃい」

まだ紅い顔をしていた田宮がぼそりと呟く声を背中に聞きながら、高梨は一気にアパートの階段を駆け下り――また駆け上って、ドアチャイムを鳴らした。

「忘れ物？」

ガチャリとドアを開いた田宮が眉を顰めて問いかけてくるのに、高梨がにや、と笑い問いかける。

「ごろちゃん、『いつも俺ばっかり……』のあと、なんて言うたん？」

途端に彼の目の前で、玄関の扉がバタン、と音を立てて閉まった。

「うそうそ、かんにん」

高梨はひとしきり扉を叩《たた》いたあと、「それじゃ、いってきまーす」と明るい声で叫ぶと、今度こそ本当に現場へと向かって駆け出したのだった。

「ああ、警視、早かったですね」

到着した高梨を捜査一課の面々が迎えた。深夜だというのにやけに集まりがいいなと首を傾げる高梨に竹中が、

「実は今まで皆で……」

と麻雀《マージャン》を打つ真似《まね》をした。

「警視は？　やっぱり愛《いと》しい妻のもと、ですか？」

後ろから一課の若手、竹中とは名コンビといわれる山田《やまだ》が高梨を茶化してくる。

「まさか本当に真っ最中だったりして」

『お楽しみのところすみません』と電話をかけてきた竹中が悪乗りしてそう笑うのに、高梨はぶすりと一言、

「……ほんま、ええ加減にして欲しいわ。フィニッシュ直前やで？」

と呟くと、

「え？」

顔を見合わせた竹中と山田の横をすり抜け、「行くぞ」と現場に貼られた黄色いテープを潜《くぐ》った。

「ああ、高梨さん、お疲れ様です」

現場は駅近くのコンビニだった。殺されたのはアルバイトの店員、十九歳の大学生だという報告を高梨は既に竹中から受けていた。鑑識が指紋等を採取している間を通り、ビニールシートがかけられている死体へと近寄っていくと、既に到着していた所轄の——新宿署の顔なじみの刑事が高梨に声をかけてきた。

「どうも」

高梨が笑顔を返すとその刑事は——新宿署の納《おさめ》は、

「どうぞこちらへ」

高梨を死体の方へと誘導してくれ、ビニールシートを剝《は》いだ。

「凶器は……チャカか」

見た瞬間にわかる。無残にも頭を打ち抜かれた大学生の死体に両手を合わせると、高梨はビニールシートを更に剝ぎ、全身を露《あら》わにさせた。余程近距離から撃たれたのか、それとも拳銃の性能自体が悪いのか、大量に流血しており、傷口はぐずぐずになるほど範囲が広かった。

「レジの金は手付かずです。これは……」

高梨の後ろから死体を覗き込みながら納が囁く。

「まあ断定はできんがな」

高梨はビニールシートで再び死体を覆うと立ち上がり、振り返って納に問うた。

「何か出ましたか？」

「いえ……全くの痕跡なしです。今、防犯ビデオを調べさせてます。これでヤツが映っていれば……」

言いながら納が、ちらと被害者が覆われているビニールシートを見やる。

「ほんま、気の毒に」

高梨もつられてその方を見、小さくそう呟いたとき、

「出ました！」

叫び声と共に、後方の通用口から新宿署の若い刑事たちがビデオを手に飛び出してきた。

「出たか」

納がやはり興奮したような声で答え、高梨を見やる。

「映ってましたか？」

高梨の問いに、ビデオを持った若い刑事は大きく頷《うなず》いてみせた。

「手配と同じフルフェイスのヘルメット、服装も同じようなツナギです。背中にはドラゴン

――間違いありません。ヤツですよ」

「……ヤツか」

高梨の後ろで話を聞いていた竹中が呟く。

「今夜は帰れそうにないですね」

やはり後ろに立っていた山田が気の毒そうにこそりと高梨に囁いてきたのに、

「せやな」

高梨は頷き、再び遺体を――ビニールシートの外まで流れ出している赤黒い血を眺め、低く溜め息を漏らした。


この一ヶ月あまり、都内を密《ひそ》かに騒がせている一連のコンビニ強盗事件があった。一人で店番をしていた店員――殆《ほとん》どが大学生のバイトだった――を撃ち殺し、その上レジの金には一切手をつけない。あまりにも不自然な犯行が特徴的なこの手の事件は、今回の新大久保の店で既に四件目を数えていた。

犯人と思《おぼ》しき男は、店の防犯カメラに必ず姿を現した。フルフェイスのヘルメットに黒いツナギ、背中には大きく竜《ドラゴン》の刺繍《ししゅう》がしてある。最近では滅多に見ない特徴的な姿であるにもかかわらず、なぜか杳《よう》として容疑者はあがらなかった。

店に入った直後、犯人はレジへと歩みより、店番をしていた店員を撃ち殺してすぐ店を出る。一体この男の目的は何なのか、狙《ねら》われるコンビニや店員たちに関連性はあるのか――三件目の事件が起こった先週に、今まで襲われたコンビニのある品川署と多摩署と捜査一課で捜査員百名を超える捜査本部が設置されたのだったが、今回、これに新宿署も加わることになるのだろうと高梨も、そして新宿署の面々も、互いに顔を合わせて頷き合った。

「また高梨さんと仕事ができるのは嬉しいですがね」

納が笑って右手を出してくるのに、

「こちらこそ」

高梨も微笑みながらその手を握り返し、二人は堅い握手を交わす。高梨と納は新人の頃、最初に配属された新宿署で暫《しばら》く共に捜査に当たっていたという仲だった。

キャリア、ノンキャリアの別はあったが年齢も近く、二人は不思議と馬があった。高梨が本庁へと異動となったあとには、あまり顔を合わせる機会はなかったが、たまに会うと飲みに誘い誘われるという友好関係を築いている。

その彼とまた、仕事を共にするのは高梨にとってもある意味楽しみではあったのだが、そんな悠長なことも言っていられないのも事実で、二人はすぐにその手を離すと、互いに自分たちの部下へと向き直り、これからの指示を与え始めた。

2

早速合同捜査本部が設けられ、本件は高梨が陣頭指揮を執《と》ることになった。彼は新宿署の刑事たちを前に、このひと月に起こった他の三つの事件の概要の説明を始めた。

「最初の事件が起こったのは先月十五日の深夜二時、立川のコンビニ。被害者はやはり店番のアルバイトの学生、峰岸雅也《みねぎしまさや》、十九歳。中央《ちゅうおう》大学の二年。二件目は先月の二十四日、今度は品川駅から十五分ほどのところにある別系列のコンビニで、被害者は同じくアルバイトの学生、川本悟《かわもとさとる》、二十一歳。デザイン系の専門学校の生徒だ。三件目は今月三日、また多摩地区に戻って昭島、被害者は牧野茂《まきのしげる》、二十三歳のフリーター。そして今日が四件目、殺されたのは増本道夫《ますもとみちお》、十九歳、日本医科《にほんいか》大の一年だ。手口は全て一緒。深夜二時頃、犯人は店に入った途端にレジへと直行、店員を撃ち殺してそのまま逃走、レジには一切触れた形跡はない。犯人の服装も一緒だ。フルフェイスの黒いヘルメットにやはり黒のツナギ。背中には竜の刺繍があるという目立つ服だが、現場近辺の聞き込みをしてもそういった男は今のところ少しも浮かび上がってはきておらず、移動手段が単車か車かも特定できていない。凶器はどうやら手製の拳銃と思われる。弾は三十八口径のものだが変形が激しいところを見ると、銃口などをかなりいじった改造銃か、若《も》しくはそれこそ戦時中に横行していた旧式の拳銃かと思われるが、この点もまだ特定出来ていない。全ての店で犯人は犯行をビデオカメラに撮られており、その画像から推察するに、身長百七十五センチ前後、細身の男性で、身体の動きからして年齢は十代後半から四十代——まあ、少年でも老人でもないだろう、ということしかわからない」

高梨は一通り概略を説明をし終えると、周囲を見渡したあと再び口を開いた。

「当初、コンビニ強盗だと思われていたが、この犯人はレジの金には興味がなく、店番を射殺するのが第一目的としか思えない行動をとる。また、毎回同じ時間、同じ服装での犯行を防犯カメラの姿が捕らえているというのは、ある種のデモンストレーションとして故意にビデオにその姿を残しているのではないかとも考えられる。殺人淫楽症——といっては行き過ぎかもしれんが、そういった嗜好《しこう》のある者の犯行かもしれない。或《ある》いはガンマニアで自分の改造した銃を使ってみたいが為の犯行、など、まあ全て憶測の域を出ない——というより単なる思い付きに近い話だが」

高梨は苦笑すると、つられて漣《さざなみ》のように周囲に起こった笑いが収まるのを一瞬待ち、再びよく通る声で話し始めた。室内の空気が瞬時にして引き締まる。

「ともあれ、まずは現場周辺の聞き込みからだ。今までの現場は犯行時間周囲はほぼ無人だった。今回——新大久保なら午前二時でも人通りはあったんじゃないか？　犯行後、逃走する犯人を目撃した者がいないか、直《す》ぐに聞き込みを始めて欲しい。今まで拳銃をあたっていたものは引き続き出所を探ってくれ。ドラゴンの刺繍のツナギについての聞き込みも続けるように。以上、何か質問は？」

室内はしんとして声を発するものはいなかった。

「よし、それじゃ各位それぞれの配置につくように」

解散、という高梨の言葉に一気に緊張感が解けたようにざわめきが広がる。

「相変わらず手際がいいな」

高梨が部屋を出ようとする後ろからそう声をかけてきたのは新宿署の納だった。

「何を仰《おっしゃ》いますやら。『新宿サメ』にはかないませんて」

にやりと笑う高梨に、納はよせよ、と苦笑してその背を叩く。新宿署の「おさめ」から、人気小説『新宿鮫』を連想してつけられたこの渾名《あだな》——大抵は短く「サメ」と呼ばれていた——を実は本人も気に入っているという事実を高梨は知っていた。

共に捜査にあたっていた新人の頃には高梨と二人並んでいると、部屋の温度が一気に上がるくらいに暑苦しいと言われたほど、高梨と遜色《そんしょく》ない見事な体軀《たいく》をしている納は柔道五段の猛者《もさ》なのだが、体格の割に人の良さそうな風貌をしており、「鮫」というよりはどちらかというと「熊」っぽい。

当時「新宿ベアだ」とからかっていたことを高梨が思い出し思わずくすりと笑うと、

「どうせ『鮫』よりゃ『熊』だろう、とでも考えてんだろ」

納は見事に言い当て、高梨を睨む真似をした。

「相変わらず見事な刑事の勘やね」

「阿呆。からかうな」

久々のじゃれ合いをしたあと、納が、

「それじゃ、一旦引き上げるわ。聞き込みの結果は明日、午前中に報告に来る」

それじゃあ、と片手を上げ、高梨の傍《そば》から離れた。

「おお」

高梨も片手を上げ、さて、と会議室を出ようとすると、横から竹中が、にやにや笑いながら話しかけてきた。

「警視、一旦お戻りになったらどうです？　奥さん、お待ちかねでしょう」

「……せやな……」

高梨は少し考えたあと、

「これから当分家には帰れそうにないさかいな。申し訳ないけどちょっと着替え取りに帰ってくるわ」

からかうと見せかけつつ、実は気を遣ってくれた部下を振り返り、悪いな、と片手で拝んだ。と、そのとき、

「なになに？　お前、いつの間に結婚したんだ？」

いきなり納が横からそう割って入って来たものだから、さすがの高梨も、そして竹中も思わずぽかんとした顔をして彼を見やってしまった。

「まあ、籍は入れてへんけどな」

すぐに自分を取り戻した高梨が、にっと笑って納を見返す。

「なんだよ水臭い。なに？　もう一緒に暮らしてるのか？」

そりゃ喜ばしい、と納は嬉々《きき》として高梨に質問をし始めた。

「まあな。僕が転がりこんどるって感じやけどね」

「どんな子だ？　歳《とし》は？　職業は？」

「ええ子やでえ。ほんま、理想の嫁やね」

高梨はそうやに下がってみせると、な、と竹中に同意を求めた。

「そうですよ。この間も忙しい中、差し入れ持ってきてくれましたしね」

料理も上手《うま》いんですよ、と竹中も調子に乗って相槌《あいづち》を打つ。

「そうか、おめでとう！　事件が片付いたら是非《ぜひ》ともお祝いさせてくれ」

納はそう言ってばんばんと高梨の背を叩き、何度もおめでとう、と言いながら彼の右手を握って振り回した。

「おおきに」

高梨が照れもせずに笑い、納の手を握り返す。

「理想の嫁かあ、今度俺にも会わせてくれよ」

納の言葉に高梨は、「せや」と何か思いついた顔になった。

「これから一旦ウチに帰るんやけど、良かったら一緒に来るか？　朝飯くらいやったら作って貰《もら》うけど？」

自分のことのように喜んで貰ったことが余程嬉しかったのだろう、にこにこ笑いながら高梨は納に問いかけた。

「いや…そりゃ流石《さすが》に悪いだろう」

予告もなくこうも急に訪ねるとは、と遠慮する納に高梨は、

「ええよええよ、僕もサメちゃんにはよ紹介したいわ」

と笑顔を返し、ちょっと待っとってな、とポケットから携帯を取り出しかけ始めた。怒濤《どとう》の展開に戸惑いつつも時計を見上げた納は、今が朝の六時だと気づき、ぎょっとして高梨の腕に手をかけた。こんな早朝に人の家を訪問するのは、常識がなさすぎると思ったためである。

「いいって、高梨」

「あ、ごろちゃん？」

だがそのときには既に、高梨の電話が相手に繋《つな》がっていた。にやけた顔で呼びかける高梨

に、納は一瞬聞き違いかと眉を顰めたあと、

「僕やけど……ごめん、ごろちゃん、もう起きとった？」

高梨が続いて同じ『ごろちゃん』という言葉を口にしたのには驚き、

「『ご、ごろちゃん』？」

と高梨の顔を覗き込んだ。高梨はにっこりと彼に微笑み返すと、尚もにやついた顔で話し続ける。

「あんな、今回の事件、また当分家に帰れそうにないんよ。でな、これから下着を取りに行きがてら家で朝飯食いたいんやけど……ええかな？」

「あ、あの……？」

納は助けを求めるように高梨の傍《かたわ》らにいる竹中や山田を見やったが、二人とも困ったように笑い返してくるばかりで何も教えてくれようとしない。

その間に高梨は了解の返事を貰ったようで、「おおきに」と笑ったあと、更に甘えた声でねだり始めた。

「それでな、同僚を一人連れて帰りたいんやけど……彼の分もメシ頼んでええかなあ？」

「い、いや、俺はいいよ」

納は慌てて再び高梨の腕を摑んだのだが、高梨は彼の言葉を聞こうとしない。それどころか電話の向こうから何か問い掛けられたらしく、

「なに？　ああ、ちょっと聞いてみる」

そう言ったかと思うと、スピーカー部分を手で押さえ、納に問いかけてきた。

「朝飯、和食でええかって」

ええよな？　と高梨はまたもにっこりと微笑むと、呆然としている納の返事など待たずに、再び電話へと戻ってしまった。

「和食でええって。ほんま、朝からごめんな。それじゃ三十分で戻るわ。ごろちゃん、今日は家出るの、いつもの通りでええの？」

ひとしきり喋《しゃべ》ったあと高梨は、「それじゃまたあとでな」と言い、なんと電話に向かってキスをしてから電話を切った。

「あ……あの……高梨？」

納が恐る恐る、まだにやついている高梨に声をかける。

「お待たせ。さ、いこか」

高梨は元気にそう言い納の背を叩くと、何がなんだかわからず呆然としていた彼を促し部屋を出て行った。

「……びっくりするだろうなあ。大丈夫かねえ？」

そんな二人の後ろ姿を見送りながら、竹中がぼそりと山田に話し掛ける。

「大丈夫じゃないすか？　なんてったってあの『ごろちゃん』ですもん」

山田はあまりにも無責任なことを言うと、「ごろちゃんの朝飯、いいなあ」と本気で羨ましそうな声を上げたのだった。


「あのな、高梨」

覆面パトカーの中、納は、再び恐る恐る高梨に話し掛けた。

「なに？」

朝は道が空《す》いとるからええね、と高梨は上機嫌でハンドルを握りながらそう助手席の彼をちらと見る。

「奥さんのこと……『ごろちゃん』って……えらいかわった渾名だけど、ほんとはなんて名前なんだ？」

引きつった笑いを浮かべ尋ねる納に、高梨はにっこり笑って答えた。

「田宮吾郎《ごろう》。田んぼの田にお宮の宮、数字の五の下に口の吾で、太郎次郎《たろうじろう》の郎」

「吾郎⁉」

納は思わず大きな声を上げてしまったあと、信じがたい、と思いつつ、問いを重ねた。

「……ってことは、なに？　男か？」

「せやね」

納の動揺になどまるで気づかず、ふんふんと鼻歌まで歌いながら、高梨は上機嫌にハンドルを切っている。

「……おとこ……」

放心した納を横に乗せた高梨の車は一気にスピードを上げ、愛しい妻の待つ家へと向かっていった。

「三十分もかからんかったね」

東高円寺のアパートに到着すると、高梨は上機嫌のまま納を引き摺《ず》り、彼の愛妻『ごろちゃん』の待つ部屋への階段を上り始めた。

ピンポーン、と高梨が鳴らしたドアチャイムに、

「はい？」

と答えた声は確かに——男の声だと納は、ごくりと唾《つば》を飲み込んだ。

「ただいまあ」

高梨の陽気な声を聞き、がちゃりと開いた扉の向こうに立っていたのはやっぱり——若いスーツ姿の男で、納は思わず目眩《めまい》を覚え額を押さえた。

「おかえり」

男は高梨に微笑みかけながら、後ろに立つ納に気づき「おはようございます」と頭を下げ

てくる。

「お、おはようございます」

つられて頭を下げながら、これが『ごろちゃん』か、と納はまじまじと彼の顔を、それこそ穴の開くほど見つめてしまった。

身長は百七十六、七か、がたいはそれほどよくないが華奢《きゃしゃ》というほどではない。何かスポーツをしていたんだろう、バランスのとれたいい身体つきをしていた。

さらりとした髪も、顎《あご》が細いからか一段と大きく見えるその瞳《ひとみ》の色も、もともと色素が薄いのか少し茶色がかっている。

横で高梨が自分を『同僚や』と紹介してくれている声を上の空で聞きながら、納は尚も目の前の『ごろちゃん』を観察し続けた。納にあまりじろじろ見られたからだろう、彼の色白の肌が頬のあたりから少し紅潮してくる。

「あの……どうぞ」

目を伏せると長い睫《まつげ》が頬に影を落としてなんだかどきりとするほどに色っぽい——男に色っぽい、と思うとは、相当自分は高梨に毒されているかもしれない、と納はぶんぶんと頭を振ると、中へと招いてくれた男に——高梨の愛妻『ごろちゃん』に、

「お邪魔《じゃま》します」

と素《す》っ頓狂《とんきょう》なくらいに高くなってしまった声でそう答え、「ほんま、朝からごめんな」と

申し訳なさそうな声を出す高梨に続いて部屋へと上がった。

綺麗《きれい》に片付いた部屋は広めの１ＤＫだった。サイドボードで仕切られた向こうにあるベッドが目に飛び込んできたとき、納は自分でもおかしいと思うくらいに動揺してしまっていた。

「今、味噌汁よそってきますから」

という声に改めてテーブルに並べられた二人分の朝食に納は気づき、

「す、すみません」

と今更のようにキッチンへと消える後ろ姿に声をかける。彼の横では高梨が自分で電子ジャーから茶碗に飯をよそいながら、ガス台の前に立つ『ごろちゃん』に尋ねかけた。

「なに、ごろちゃんは食べへんの？」

「うん。もう出なきゃいけないんだ」

『ごろちゃん』はそう答えたあと、高梨を振り返り逆に問いかけた。

「下着って三日分くらいでよかったか？　一応出しておいたけど」

「おおきに」

高梨がにっこり笑い礼を言う。二人の会話を聞くとはなしに聞きながら、納は深く溜め息をついた。

テーブルの上には朝だというのに一汁三品が並んでいる。本当に理想の『妻』じゃないか、と茶碗を両手に戻ってきた高梨へと彼が視線を向けると、

「な？　ほんま、ええ奥さんやろ？」

高梨は心底自慢げな顔で、胸を張ってみせた。

「誰が『奥さん』だよ」

まったく、と高梨を睨み付ける『ごろちゃん』が盆に乗せた味噌汁を納と高梨の前に置く。

「それじゃ、気をつけて。仕事、頑張って下さい」

そうして二人に向かって頭を下げると、「ほんま、ありがとね」と微笑んだ高梨に微笑み返し、近くに置いてあったスーツの上着と鞄《かばん》を手に部屋を出て行こうとした。

と、そのとき、

「あ、ごろちゃん」

いきなり高梨が立ち上がり、驚いている納を尻目に彼のあとを追って玄関へと駆けてゆく。

「なんだよ」

自分を気にしたように『ごろちゃん』がちらとこっちを見たので、納は気を遣って目を背け、黙々と飯をかっこみつづけた。

「昨夜はほんま、ごめんな？」

ぼそぼそとした声ではあったが、狭い部屋ゆえ自然と二人の会話はすべて納の耳へと入ってきてしまう。

「なにが？」

不思議そうな『ごろちゃん』の声にかぶせ、高梨の囁く声が響いた。

「途中になってもうて……あのあと、一人でしたん？」

「……っ」

一瞬言葉に詰まった『ごろちゃん』だったが、すぐに気を取り直したようで、問いには答えず、

「身体、気をつけて。それじゃ、いってきます」

納の存在を気にしたのだろう、早々に家を出ようとした。

「あ、ごろちゃん」

高梨の方は納がいようがいまいがおかまいなし、といった調子で大きな声で呼び止めると、いきなり、

「いってらっしゃいのちゅう」

などと言い出したものだから、思わず納は飲んでいた味噌汁を噴いてしまった。

「なっ」

その音に驚いたのだろう、声を上げた『ごろちゃん』と高梨の争うような音が玄関先でしたかと思うと、

「いい加減にしろよ」

『ごろちゃん』は高梨を怒鳴りつけ、バタン、と大きな音をたててドアを閉めてしまった。

外の階段を駆け下りる彼の足音が納の耳にも響いてくる。

「やれやれ」

溜め息をつきながら戻ってきた高梨を、思わず納は見上げた。

「ほんま……照れ屋さんで困るわ」

ちっとも困っちゃいないような口調で高梨は笑うと、さ、食べよ、と再び陽気な声をあげ、呆然と彼を見ている納の前で飯をかっこみ始めたのだった。

3

三日が経過したが、捜査の進捗《しんちょく》は滞っていた。新大久保の現場から事件直後に走り去って行く黒の乗用車があったという目撃情報を得たのだが、そこから先は手がかりもぷっつりと途絶え、相変わらずツナギの男についての情報も、拳銃の出所も少しも知れず、高梨をはじめ捜査に携わる者達は連日靴を減らして聞き込みに走り、すべて徒労に終わることに苛立《いらだ》ちを募らせていった。

警察は何より、第五の事件を恐れていた。そろそろマスコミがこの猟奇的な事件を嗅ぎつけたようで、週刊誌などでちらほらと記事が出始めたのだ。

テレビのワイドショーで取り上げられる日も近いだろう。世間の注目が集まると自己顕示欲の強いタイプの犯人の場合、次の犯行を決行するタームが短くなることがある。警察が未《いま》だ何の手がかりも得てない今、いたずらに被害者を増やすことだけは、その威信を守るためにも――何より人命が尊いことは勿論《もちろん》のことだが――なんとしても避けなければならない。

捜査の責任者である高梨は連日本部より呼び出しを受けては、少しも進まぬ捜査状況を叱責され、一日も早い事件の解決を求められ続けた。

「言うは易《やす》し、村上泰史《むらかみやすし》ってね」

今日もその呼び出しをくらった高梨が、部屋に戻りながら小さな声で溜め息混じりに呟く。『村上泰史』というのは、今、高梨が叱責された刑事部長の名だった。『易し』と「やすし」をかけたらしい。

「……また『早く犯人を見つけろ』ですか？」

疲れた顔で竹中が尋ねるのに高梨は「まあな」と答え、その場で大きく伸びをした。

この三日間、数時間の仮眠しかとらずに捜査の指揮にあたっていたが、こうなんの手がかりも出ないとさすがに蓄積された疲労が身体も精神も苛《さいな》んでくる。

自分ばかりでなく連日外回りに明け暮れる部下たちの疲れもそろそろピークだろうと高梨は周囲を見回した。

「竹中、お前一旦家に帰れ。何もない限りは出勤は明日の午後でいい。田中《たなか》さん、あと、お願いできますか？」

「了解です。警視も一度お戻りになってください。私と山田は昨夜休ませて頂きましたし、今日は課長もはりきってますしね」

昨日早目に帰らせた係長の田中が、銀縁の眼鏡の向こうで目を細めて笑い、頷く。横からやはり休養充分の金岡《かなおか》捜査一課長が、

「俺は毎日はりきってるだろうがよ」

と、だみ声を張り上げ、周囲がどっと笑いに沸いた。

「そういうわけだから高梨、ここは俺たちに任せて今夜はもう帰れ。どうやらこのヤマは長丁場になりそうだからな」

金岡課長の言葉に、高梨は「申し訳ありません」と頭を下げた。

確かに疲労はピークに達しており、このまま刑事部屋に詰め続けることはかえって集中力や判断力を欠くことになりそうだった。少しも光明の見えて来ないことへの苛立ちも募ってきている今、気分を切り替えるためにも一度休養を取らせてもらったほうがよさそうだと彼は素直に課長の好意を受けることにした。

「久々、奥さんに甘えて来い」

にや、と笑いながら課長までもが、からかってくる。

「そうさせて頂きますわ」

苦笑しはしたが、高梨は悪びれもせずそう答え、途端に騒がしくなった周囲のからかいの声を浴びながら署をあとにした。


高梨が東高円寺のアパートに到着したとき、部屋には灯《あか》りが点《つ》いていた。下からその灯りを見上げた高梨の胸に温かな思いが満ちてゆく。

田宮が戻ってくれていてよかった――心がやさぐれている今、無性に彼の顔が見たかった、と高梨は勢いよく外の階段を駆け上がると、あっという間に到達した部屋の前でドアチャイムを鳴らした。

「はい？」

ドア越しに聞こえる田宮の声に、何故か高梨は急速に彼への欲情が昂《たか》まってくるのを感じた。身体は酷《ひど》く疲れているはずであるのに、と苦笑しつつ、

「ただいま」

と声をかける。

「おかえり！」

すぐに開け放たれたドアの向こうにいた田宮を高梨はそのまま強く抱きしめた。

「……良平？」

いきなりの抱擁に戸惑いの声を上げはしたが、田宮は高梨の背に腕を回してくれた。

「ん……」

その場で高梨が田宮の唇を塞ぐ。

三日ぶりのキス――嚙《か》み付くようなキスに田宮は一瞬身体を硬くしたが、すぐに高梨の背をより強い力で抱きしめてくる。互いの口内を互いの舌が侵し合い、すぐにそれ同士を絡ま

せ合う。唾液《だえき》が唇の端を伝わるほどに激しいキスを交しながら、高梨は田宮の背に回した手をそろそろと下ろしてゆき、尻を摑むとぐいと自分の下肢《かし》へと彼の身体を引き寄せた。

「……熱い……」

ぴったりと合わさった下半身で高梨の昂まりを感じたのだろう、くちづけが途絶えたときに田宮が薄く目を開き、高梨を見上げて、くすりと笑う。

「ただいま」

尚も強い力でぐいと彼の腰を引き寄せると、高梨は微笑み再び唇を重ねようとした。

「……メシは？」

微かに身体を引き、田宮が尋ねてくる。

「……せやね」

高梨は少し考えるように視線を上に向けたあと、にやりと笑った。

「メシより今はごろちゃんが食べたいな」

「……ベタ」

呆《あき》れた声を出しながらも、高梨の背中に回った田宮の手に力がこもる。

「あ、でも先にシャワー浴びるわ。三日も風呂に入っとらんからね」

高梨はそう言うと、名残《なごり》惜しそうに田宮の腰に回した腕を解いた。

「風呂、焚《た》いておいたよ。今日あたり戻るんじゃないかと思って……」

あまりにも可愛いことを言う田宮を、高梨は再びぎゅっと抱きしめる。

「ほんまにもう……ごろちゃん、反則技使いすぎやわ」

顔中にキスの雨を降らせる高梨のキス攻撃から、慌てて身体を引き、田宮が逃れようとする。

「やめろって」

「せや、たまには一緒に入らへん？」

そんな田宮の腕を取り、高梨はにこにこ笑いながら問いかけた。

田宮を何度か風呂に誘ったことはあったが、照れ屋の彼はそうそう了解することはない。今回も簡単にはいいと言わないだろうなと高梨は思っていたのだが、彼の予想を裏切り、田宮は一瞬言葉に詰まったあと、

「……うん」

赤い顔をして頷いてみせた。

「ほんま⁉」

逆に驚き、大きな声を出した高梨の前で、田宮がますます赤面し、ゆでだこのような顔になる。

「うそだよ」

強引に自分の腕から逃れようとする彼の身体を高梨はまたも力いっぱい抱きしめると、

「もう、疲れもいっぺんに吹き飛ぶわ」

まさに心の叫びといった調子でそう言い、再び彼の顔にキスの雨を降らせ始めた。


一緒に服を脱ぐのは恥ずかしいのか、田宮は、「着替えをとってくる」と言い、一旦脱衣所から消えた。高梨は手早く服を脱ぎ捨てると、浴室へと足を踏み入れ、ざっと湯をかぶったあとに湯船に身体を沈めた。

湯に浸かる両手両足から蓄積された疲労がじんわりと抜け出てゆくような感じがする。気持ち良さのあまり低く唸《うな》っている自分に、なんとオヤジくさいことか、と苦笑しているところに、ガラと戸が開き、少し怒ったような顔をした田宮が入ってきた。

「先に身体洗うさかい、入っとって」

高梨がザバッと音を立て勢いよく浴槽から出ると、

「うん」

田宮はぶすりとそう頷いて——照れているせいだと思われる——高梨と入れ違いに浴槽へと身体を沈めた。

高梨は手早く身体を洗い、シャワーで流したあと再び浴槽へと入ろうとする。入れ違いにシャワーを浴びに出ようとした田宮の腕を高梨は摑むと、そのまま二人して浴槽に向かい合わせになった。

「狭い」

大量の湯が外に流れ出すのを目で追いながら田宮が相変わらず無愛想な口調で呟く。

「……ごろちゃん」

高梨は田宮の腰の辺《あた》りを摑むと、湯の浮力を借りて身体を持ち上げ、浴槽の中で胡坐《あぐら》をかいた自分を跨《また》がせるようにして座らせた。田宮は湯の中で既に勃ちきっている高梨自身をちらと見たあと、無言で両腕を高梨の首へと回し、己の腹で高梨のそれを挟むように身体を合わせてきた。

高梨は田宮の首筋へと唇を押し当てながら、手を田宮の腰から後ろへと這《は》わせてゆくと、両手で双丘を割り、右手の中指を後孔へとゆっくり挿入させてゆく。

「……っ」

びくんと田宮が身体を震わせ、わずかに高梨から身体を離した。高梨は後ろに入れた指で中をかき回しながら、再び田宮の身体を少し浮かせるようにし、目の前に来た胸の突起を口に含んだ。

勃ちかけていたそれに軽く歯を立て、舌先で転がすようにして愛撫すると、高梨の頭の上で田宮が上がりかけた声を呑み込んだのがわかった。後ろに入れた指を増やしつつ、執拗《しつよう》に胸を弄り続けるうちに、田宮の雄も勃ちきり、彼が快楽に身体を捩《よじ》る度に合わせた互いの腹の間、いきり立つ高梨の雄と擦《こす》れ新たな快楽を互いの中に生み出してゆく。

「……風呂ん中で入れても……ええよね」

胸から顔を上げ田宮を見上げ尋ねた高梨に、田宮が小さく頷いた。よし、と高梨は田宮の後ろから指を引き抜くと、背中に腕を回して彼の身体を支えてやりながら自分の雄を後ろへと捻《ね》じ込み、そのまま彼の身体をゆっくりと自分の上へと落としていった。

「……っ」

根元まで挿入され、脚の付け根同士が合わさったのに、田宮が小さく声を漏らす。浴室の中、そのわずかな声が反響してやけに大きく二人の耳へと届いた。

「もっと……声、聞かせて」

囁く高梨の声も、やたらといやらしげに浴室内に響きわたる。

「……なにっ……」

言ってるんだ、と睨む田宮の目線もやけに色っぽく、高梨は田宮の腰に回した両手に力を込めると激しくその身体を上下させた。

「……ぁっ……」

自らも腰をぶつけるように動かしながら、高梨の上で田宮が抑えた声を上げる。固く目を閉じ、眉間に皺《しわ》を寄せているのは、湯を汚さぬように達するのを耐えているからだろう。

「……ええよ。一緒にいこ」

高梨が荒い息の下、囁きながら尚も突き上げようとしたそのとき――。

ピンポーン。

間の抜けたドアチャイムの音が響いたかと思うと、続いてピンポンピンポンと連打され、ダンダンダンダンと扉を勢いよく叩かれた。

「高梨！　高梨！」

高梨の名を呼ぶ大きな声まで浴室へと響いてきて、高梨も田宮も浴槽の中、動きを止めて互いに顔を見合わせると、はあ、と大きな溜め息をついた。

「なんやもう……」

気をきかせて素早く彼の上から退いた田宮に続いて高梨も浴槽を出、浴室をも出ると田宮が用意してくれていたバスタオルを腰に巻く。

「はいはいはいはい」

相変わらずダンダンダンと叩き続けられていた玄関のドアへと、高梨は大きな声で返事をしながら向かっていった。田宮も脱衣所で濡れた身体をタオルで拭《ぬぐ》いながら、何事かと耳をすませる。

がちゃ、と高梨が扉を開くと外に立っていたのは納だった。全裸に近い高梨の姿にぎょっとして目を剝《む》いたあと、察して声をかけてくる。

「すまん、風呂か？」

「……なんや、サメちゃん、こないな時間に……」

意外な人物の出現に、目を見開き問い返した高梨は、気を取り直した様子の納が真剣な声で告げ始めた言葉に、驚きの声を上げた。

「第五の事件が起こった。本部がお前の携帯に電話を入れたが応答なかったそうで、丁度近くにいたから俺が迎えに行こうということになったんだが……」

「なんだって？」

よりによって自分が捜査本部を離れたその日に第五の犯行が起こるとは――やられた、と唇を嚙んだ高梨だったが、こうしてはいられない、とすぐに自分を取り戻した。

「すまんな、すぐ支度するわ。入って待っててくれるか？」

「お邪魔します」

そうは言ったものの、納は玄関から上がろうとはせず、浴室へと戻って行く高梨の後ろ姿を見るとはなしに見ていたのだったが、彼が、

「ごろちゃん、ごめん、またすぐ行かななならんようになってもうた」

と言いながら脱衣所に入っていく姿に、え、と思わず様子を窺《うかが》ってしまった。

「……大丈夫か？」

小さく答える『ごろちゃん』の声も脱衣所から聞こえる。

「ほんま、ごめんな」

高梨の声に、「いいよ」と答えた声がまた聞こえたあと、脱衣所から先に『ごろちゃん』が姿を現した。

「こ、こんばんは」

納の姿を見て、一瞬ぎょっとしたように目を見開いた彼は、慌てて頭を下げると部屋の奥へと駆けてゆく。続いて脱衣所から、髪をタオルで拭いながらTシャツとトランクスを身に着けた高梨が出てきて、

「すまんな」

呆然と彼を見やる納に頭を下げ、やはり部屋の奥へと向かっていった。

まさか一緒に――風呂に入ってたのか。

甲斐甲斐《かいがい》しくシャツやネクタイを高梨に出してやっている『ごろちゃん』の濡れた髪を遠くに見ながら、納はなんともいえない思いを胸に、大きく溜め息をついた。

このとき、何より重要なはずの第五の事件のことが納の頭からはすっかり飛んでしまっていたのは――あまりに仕方のないことであった。

interval（GORO'S MONOLOGUE）

「また泊まり込みになる、思うわ」

手早く服を身につけながら、良平が厳しい顔でそう言うのに、俺はなんとも答えようがなく、「わかった」とだけ言って頷くと、彼にネクタイを渡した。

「ごめんな」

ネクタイを鏡も見ずに締めながら、良平は本当に申し訳なさそうな顔で俺に謝る。

「……？」

何を謝っているんだろう、と俺は一瞬答えに詰まった。何日も家を空けることについてなのか、それともまたもや『途中』で終わったことについてなのか——家を空けるのも仕事なら、最中で呼び出されるのも仕事のせいで、良平が謝ることじゃない。

「仕方がないよ」

そう答えたものの、これじゃあまりに愛想がなくて、まるで怒っているか拗《す》ねてるみたいに聞こえるんじゃないか、と俺は瞬時にして後悔し、

「全然謝るようなことじゃないから」

と言い足したのだが、またもや怒っているようだと気づき、言葉を足そうとした。

「……えーと」

「ごろちゃん、何一人で百面相しとるの」

スーツを羽織った良平がくすりと笑い、ちらと玄関の方を見たあとに、ちょいちょい、と人差し指で俺を招き、その場に膝《ひざ》をついて座る。サイドボードを目隠しにしようとしてるんだろうと気づいた俺もちらと玄関を見て――納刑事はさっき良平と目が合ったようで、わざとらしくそっぽを向いていた――良平の傍へと同じように蹲《うずくま》った。

「ほんま、ごめんな」

良平が囁き、素早く俺の唇を奪う。触れるか触れないかのキスなのに、良平の意外に柔らかく暖かい唇の感触がやけに今日は唇に残る気がした。

「謝るなよ」

怒ってなどいないのに、どうして口調はこうも怒ってるようになってしまうんだろう、と自己嫌悪に陥っていた俺に良平は再び、

「ほんま、ごめん」

と掠めるようなキスをして、すぐに立ち上がろうとした。俺は思わずその手を引き、再び彼を座らせる。

「なに？」

急いでいる彼に俺は一体何をしてるというんだろう。と、俺は自分の振る舞いにまた、自己嫌悪に陥った。

帰ってきた良平の顔を見た瞬間、憔悴《しょうすい》ぶりに随分驚いた。あまり寝ていないのか眼窩《がんか》が落ち窪《くぼ》んでいて、いつもは綺麗に澄んでいる白目も濁り、少し充血していた。

やつれた、というところまではいかないが頬も少しこけていて、彼がハードな三日間を過ごしてきたことはその姿を見ただけでも簡単に察することが出来た。

「大丈夫か」

と尋ねたかったが、それより前に強く抱き締められてしまった。その背に俺も腕を回しながら、いつもより強く感じる、でも決して不快ではない良平の匂いを胸一杯に吸い込んだ。

会いたかった——彼を抱き締め返した瞬間、今更のようにその思いが俺の胸に一気に込み上げてきて、唇を塞ぐ彼の背に思い切りしがみ付いてしまった。

痛いくらいのくちづけの感触が、彼も同じように俺に会いたいと思ってくれていたのかという思いを導き、嬉しさのあまり俺は益々強い力で彼の背を抱き締め返した。

ぐいと押し当てられた下半身の、彼の雄が既に熱く硬くなっているのを服越しに感じる。頭では、疲れた彼の身体を労《いた》わる気持ちが勝るのに、実際昂まる己の欲情を抑えることが出来なくて、俺は彼の熱さに誘われ自分の下肢を良平のそれへと摺り寄せてしまった。

たまらなく彼が欲しかった。疲れ果てている筈《はず》の彼が、俺に対してその雄を猛《たけ》らせているとわかったその瞬間から、まるで箍《たが》が外れてしまったかのように、激しく彼を求める気持ちが溢《あふ》れ出し、自分でも制御がきかなくなった。疲れた彼をゆっくり休ませてやりたいと思いながらも、彼の腕の中で欲情に翻弄《ほんろう》される自分自身を、知らぬうちに俺は頭に描いてしまっていた。

「なに？」

良平が問い掛けてきた声に俺は我に返った。いつもは綺麗に撫でつけている彼の髪が、濡れて額に張り付いてしまっている。その髪をかき上げ俺は、

「ごめん」

と囁き、自分から唇を重ねた。

「何でごろちゃんが謝るの」

くす、と笑い、良平も触れるくらいのキスを返してくれたあと、

「じゃ、いってきます」

と自分でも髪をかき上げながら立ち上がった。

「気をつけて」

俺が彼に言える言葉は、いつも『気をつけて』か『頑張って』だけだ。そんな簡単な言葉をかけることしか出来ない自分を俺は常にもどかしく思っていた。

それこそぎりぎりのところまで体力をすり減らし、命の危険に晒《さら》されるようなこともある業務に携わっているというのに、俺はそんな彼に対して何も力にはなれず、ただ『頑張って』『気をつけて』と言うことしか出来ないでいる。

せめてもう少し気の利《き》いたことが言えればいいのに、またいつもと同じ言葉で彼を送り出そうとしている俺に、勿体《もったい》ないくらいの優しい微笑みを浮かべながら良平は、

「ありがと」

と頷いてみせ、それじゃいってきます、と踵を返し玄関へと向かった。

玄関先まで見送った俺に、良平は本当に申し訳なさそうに頼んできた。

「また明日にでも、署に下着とか届けて貰えるかな」

「わかった。三日分くらいでいいのかな」

「せやね」

俺の問いに良平は頷くと、

「また当分帰れんけど、戸締りしっかりしいや」

まるで保護者のようなことを言って、ようやく隣で所在なさそうに立ち尽くしていた納刑事へと笑顔を向けた。

「お待たせ。ほな、行こか」

「お、おう」

納刑事は一体俺たちのこのやりとりを、どう思っているのだろう、と俺はちらと彼へと視線を向けたのだが、ちょうど俺の方を見ていた彼と目が合ってしまったので慌てて目礼を返す。と、納刑事も慌てて頭を下げてきたものだから、俺は思わず、

「よろしくお願いします」

そんなわけのわからない挨拶をしてしまい、自分の言葉に赤面した。良平をよろしく、だなんて俺は一体良平の何のつもりでいるんだろう。

良平を始め、署の皆に『奥さん』とからかわれているうちに、俺まで毒されてきてしまったんだろうか、と頭を抱えたくなっていた俺に向かい、納刑事が大真面目《おおまじめ》な顔で、

「お任せ下さい」

と、オーバーにも見える所作で自身の胸を叩いたものだから、俺はあっけにとられ、そんな彼をまじまじと見やってしまった。納刑事も自分の言葉に照れたのだろうか、愛嬌《あいきょう》のある彼の顔が次第に赤くなってゆく。

「せや、ごろちゃん、そんな色っぽい格好でひょいひょい玄関先に出たらあかんよ？　気ぃつけてな？」

と、そのとき、横から良平がわけのわからないことを言い出したので、俺は呆れて彼を睨

んだ。

「何、馬鹿なこと言ってるんだよ」

男の下着姿の何処が一体『色っぽい』というんだろう。納刑事も呆れているに違いない、と彼を見る。と、何故か益々顔を赤らめていた納刑事が酷くバツが悪そうにくるっと後ろを向くと、

「そろそろ行こう」

と玄関のドアノブへと手をかけた。

「そしたら、いってきます」

彼に続いてドアを出て行く良平に、

「気をつけて」

また俺は同じ言葉を繰り返し、振り返って片目を瞑《つむ》ってくれた良平に右手をあげた。カンカンと階段を下りてゆく二人の足音が響いたあと、車の発進する音が聞こえてくる。俺は部屋をつっきり正面の窓を開くと、アパートから遠ざかってゆく車の尾灯を、暫《しば》し見つめた。

良平は少しも休めなかったな、と濡れた髪をかき上げた彼の顔を思い出し、俺は溜め息をつくと窓ガラスをのろのろと閉めた。飯も食わずに仕事場へと向かって行った良平はさぞ腹が減っているに違いない。

風呂であんなことをしなければ——と俺はそう反省しかけ、頭に浮かんだ浴室での自分達

の姿に、思わず一人で顔を赤らめてしまった。

一緒に風呂に入るのは別に初めてではなかったが、風呂の中での行為があそこまで進んだのは初めてだった。あのまま続けていたら俺は湯の中だというのに我慢できずに達してしまっていたに違いない。

熱めの湯にあてられたようにぼうっとなった意識の中、奥底まで力強く突き上げてきた良平の雄の質感が不意に俺の中に甦《よみがえ》り、俺は床へと座り込むとベッドに背を預け両脚を前へと伸ばした。

『もっと声、聞かせて……』

やけに反響して聞こえた彼の囁き声を思い出す俺の手は、自然とトランクスの中へと伸びていた。

そういえばあのときも——三日前、携帯に呼び出しがあったときも、さっきのように互いに達する直前だったな、と考えながら、俺はゆるゆると自身を扱《しご》き上げ始めた。良平に嚙まれた胸の突起が今更のように微かな痛みに疼いている。あのとき見下ろした、俺の胸を舐《ねぶ》り続けていた良平の顔を思い描きながら、俺は次第に激しく自身を扱き上げていった。

先端から零れ始めた先走りの液が竿を伝い、それを握り扱く俺の手の中で濡れた卑猥《ひわい》な音を立ててゆく。

「…………っ」

良平、と心の中で彼の名を呼びながら、俺は一段と激しく自身を扱き上げ――自分の手の中で果てた。

胸の鼓動が速い。自分の心臓の音が耳鳴りのように頭の中で響く間、息を整えようと俯《うつむ》き、先端からまだ精液を零しているそれを軽く握り直した。

やりたいさかりの中学生じゃあるまいし、後先のことを考えず下着の中に精を放ってしまうなんて、本当にどうかしている。風呂も途中だったし、もう一度入るか、と俺は立ち上がって下着を脱ぎ、それで手脚を拭うとそのまま脱衣所へと向かった。

Tシャツも脱ぎ捨て、トランクスと一緒に洗濯機に放り込んでから、さっきまで二人で浸かっていた浴槽に入ろうとし、俺は思わず苦笑した。半分くらいに減っている湯量に先程まで二人してこの中でしていた行為を思い出してしまったからだ。

萎《な》えていたはずの雄がまた少し疼くような気がしたが、俺はそんな思いを振り切ろうと、勢いよく出したシャワーの湯を頭からかぶった。

明日、良平に頼まれた下着類を持っていくとき、彼と顔を合わせることができたら、何かもう少し気のきいたことを――『気をつけて』『頑張って』以外の、彼を激励したいと思う、この気持ちが少しでも伝わるような言葉を言おう――シャワーを浴び終えタオルで髪を拭いながら俺がそんなことを考えていたとき、俺の耳に携帯の着信音が聞こえてきた。慌てて脱衣所を飛び出し、テーブルに転がしていた携帯を摑む。

「もしもし？」

着信画面に出ている表示で良平からとわかった。あれから結構時間は経っているし、何事かと思って電話に出た俺に、

『あ、ごろちゃん？』

幾分《いくぶん》声を潜め、良平が呼びかけてきた。

「どうしたの？」

パトカーのサイレン音が背後で聞こえる。自然と緊張が高まり俺は電話を握りしめた。

『寝てた？』

「いや、風呂入ってた」

正直に答えると、良平はふふ、と受話器の向こうで笑って、

『また途中になってもうたね』

と呑気《のんき》なことを言ってくる。

「……切るよ」

ついいつもの癖でそう言うと、良平は『うそうそ、かんにん』と彼もいつものようなリアクションをしたあと、すぐにまた潜めたような声になり言葉を続けた。

『あんな、もしかしたらそれほど長丁場にはならへんかもしれん。明日はとりあえず来んでもええわ。また連絡する』

「え？」

思わず聞き返した俺に良平は、

『ごめんな。それじゃ切るわ』

忙しい中かけてくれたんだろう、すぐに電話を終えようとした。

「あ……っ」

そんな中、呼び止めれば迷惑になるとわかりきっているはずなのに、無意識に俺は受話器に向かって小さく叫んでしまった。

『なに？』

気づいた良平が再び電話を耳へと戻し問いかけてくる。

「いや……気をつけて」

言いながら俺は、また『気をつけて』だ、と自分の語彙《ごい》のなさにほとほと嫌気がさしてしまった。良平が切ろうとした電話をわざわざ呼び止めてまで言いたかったのはこんな言葉じゃないはずだ。

「…………」

ごめん、と謝罪の言葉を告げようとしたそのとき、受話器の向こうから、良平がくすりと笑う声が響いた。

『ほんまはね、ごろちゃんの声が……この『気をつけて』が聞きとうて、電話したようなもんなんよ』

「え……？」

今、彼はなんと言った――？　信じられないほどに嬉しい言葉を聞いたあまり、またも問い返してしまった俺の耳に、

『ごろちゃん、愛してるよ』

良平の囁く声と共に、チュ、というキスの音が響き、やがて電話は切れた。

俺は電話を握り締め、ツーツーという発信音を聞きながら、その場に暫く佇《たたず》んでしまった。

どうしようもなく幸せな気持ちが胸に込み上げてくる。

「……俺も……愛してる」

何も聞こえない電話に思わず呟いてしまったあと、風呂から裸で飛び出してきてしまったために急に寒さを覚えた俺は、着るものを取りに慌てて脱衣所へと戻ったのだった。

「……で？」

車が走り出すと助手席の高梨は、「待たせてすまんな」と再度納に謝ったあと、あらためて事件のあらましを彼に尋ねた。

「ああ……」

まだ動揺が続いていたものの、納は我に返ると、先程通報のあった第五の事件について話し始めた。

「現場は百人町のコンビニだ。またも新宿署内の事件となった。先程通報があったのを聞く限りでは、例の犯人による犯行と思ってほぼ間違いないだろう。被害者はまたアルバイトの二十歳の学生だ。今回は通報が早かったので速攻都内に非常線を張ったが、まだ何かひっかかったという連絡は入っていない。駅から離れた人通りが少ないところにあるコンビニだったから、有益な目撃情報も得られてないそうだ。通報したのは事件発生十分後くらいに、偶然買い物に来た近所の学生らしいんだが、彼も逃走する犯人の姿は見てはいない。レジの金は手付かず、被害者は頭を一発撃たれて即死、今、防犯カメラの映像をチェックしているらしいが……」

と、ここで納の携帯が鳴った。ポケットから電話を取り出し、出てくれ、と高梨に渡す。

「はい、こちら高梨」

ちらと発信者を見、それが納の部下の橋本《はしもと》であることを確認すると、高梨は名乗ったあと

「今、納さんは運転中です」と自分がかわりに応対している理由を告げた。

『ああ、警視、ビデオをチェックし、ドラゴンのツナギの男を確認出来ました。やはりこれは第五の殺人のようです。今、どのあたりですか？』

電話の向こうでは、気が利く男と評判らしい橋本が、運転席の納にも聞こえるような大声で怒鳴っている。

「間もなく到着します。他になんぞ出ましたか？」

自分の部下ではないから、という理由からではなく、高梨は大抵の人間に対して口調が丁《てい》寧《ねい》だった。キャリアの彼があまり所轄でも疎んじられないのは、元来人懐《ひとなつ》っこい性格である上に、他人との距離感を適度に保つことが出来るからではないかと、横で彼の電話を聞きながら納はそんなことを考えていた。

学歴やその経歴で『優秀』と言われるわけではなく、高梨は恐ろしく頭の切れる男である。五年前、共に捜査にあたる機会を持ったときに、彼の優れた記憶力が生む推察力、判断力の正確さに内心納は舌を巻いたものだった。

当時彼は自分と同じ新米刑事であり、キャリアの若造は生意気に違いないという署長の先入観を見事に裏切った。

本庁所属となってからは、優秀でいながらにして人当たりの良いその性格から、何かと対立しがちな所轄と本庁との連携捜査の橋渡しをしている高梨という男を、納はほぼ同い年ではあるのだが、それこそ尊敬している、と言ってよかった。

そんな彼の同棲している相手が——人前で相好《そうごう》を崩すほどにベタ惚れしている相手が、まさか男であったとは——納にとってはかなりショッキングな事実であった。同性愛について偏見がないといえば嘘《うそ》にはなるが、そういう嗜好を持つ者を排斥するのは誤りだという認識を納は持っていた。

が、自分に近しい者の中に当該者がいるとなると話は別だった。何故、高梨ほどの男が男になど入れあげるのか——何気なく高梨の部下たちに、高梨とあの『ごろちゃん』の馴《な》れ初《そ》めを聞いたところ、半年ほど前に起こったある事件がきっかけだということだった。

それにしてもまたわからないのが彼らの反応で、普通であれば眉を顰めてしかるべしだと思うのに、手放しで高梨と『ごろちゃん』の仲を応援している。なぜなのだ、と納は首を傾げずにはいられなかった。

それ以前に、同性と関係を結んだなどという事実は、もし自分であれば——いや、絶対に自分にはあり得ないことなのだが——何をおいても隠し通すのではないかと思う。一課の全員がその関係を知っている上に、応援したりからかったりしたりする今の状況が、どうしても納には納得できずにいるのだった。

とはいえ、納は別にその『ごろちゃん』に対してマイナスの感情を抱《いだ》いているというわけではなかった。

見たところとても同性愛者には見えない、普通の男だった。あまり言葉を交わしはしなかったが、高梨と話している様子も感じよく、その上、あの気遣いはなかなか真似できるものではないと感心していた。

今朝、朝食をご馳走《ちそう》になったが、食卓に並んでいたのは二人分の料理だった。多分田宮と高梨で食べるつもりで用意したのだろうに、納が急に来ることになった為に急遽《きゅうきょ》彼は『飯を食う時間がないくらいに早く出なければいけない』というふりをしたに違いない。

そういった行動を何の嫌味もなく出来る男は――女であっても、そうはいないと思う。が、しかし――と、納はハンドルを握り直し、大きく溜め息をついた。

「なに？　サメちゃん、なんか他に用があったん？」

何時《いっ》の間にか電話を切っていたらしい高梨が、携帯を返してくれながら納の顔を覗き込んでくる。

「いや……橋本、なんだって？」

納はそれを受け取り内ポケットへと入れると、慌てて高梨に問いかけた。

「なんや、サメちゃんらしくもない、あんま寝てないんちゃうか？　運転、気ぃつけてな？」

高梨は明るく笑い飛ばすと、橋本から聞いた現場の状況を手短かに説明し始めた。

「ビデオには今までと同じ、ツナギの男が映っとったらしい。時間は午前二時十分、犯行の行われた店は万引きが多かったいうことで、隠しでもう一つ監視カメラを置いとったそうなんやけど、そのカメラの映像からいつもよりも鮮明にそのツナギの背中が撮れとってな、メーカーが特定出来るかもしれへん、いう話やった。あとは……なんやったかな」

と、高梨がわざわざ納に問いかけたのは、またも意識が逸れかけていた納の注意を引くためだったのだが、果たして納は我に返ったような素振りをみせると、

「ああ、すまん……ツナギのメーカーが特定出来れば何か手掛かりが出るかもしれないな。あれだけの珍しい柄だ。購入者は限られるんじゃないだろうか」

それでも一応、話には集中していたとアピールする。

「せやね」

高梨は苦笑し頷くと、「そろそろ着くかな」と前方へと視線を戻した。納は密かに溜め息をつき、高梨の横顔を見やる。

高梨に声をかけられる直前、納が思い浮かべていたのは——自分達を見送ってくれた、『ごろちゃん』の、トランクスからすらりと伸びた足だった。

遠くにパトカーの灯りが見える。

「さて、と」

高梨が助手席で、気持ちを切り替えるためか大きく伸びをし、シートに座り直すと、身体を前へと乗り出した。納も慌てて意識を事件へと集中させるべく、気を引き締めハンドルを握り直したのだった。

「ああ、警視、折角お休みのところご苦労さまです」

『ご苦労さま』は目下の者に言う言葉だろう、と納は心の中で声をかけてきた竹中につっこみつつ、特に気にする素振りも見せずに軽く右手を上げた高梨のあとに続いて現場へと入っていった。

レジの前、ビニールシートで覆われた遺体に両手を合わせ、自分らのためにそれを捲《まく》ってくれた鑑識に目礼すると、傷口を見ようと屈《かが》み込む。日付がかわって四日前の、新大久保での事件の被害者と同様今回も遺体は頭を撃ち貫《ぬ》かれていた。

まだ若い男で、驚愕《きょうがく》に目を見開いたまま絶命している表情は、前の被害者と酷似しているように納の目には映った。何故自分が殺されるのか全くわからぬままに死んでいった彼ら二人の間には、何か繋《つな》がりや共通点はあるのだろうか、それとも全く無差別の殺人なのか。

無差別の殺人であるのなら、どうして犯人は必ずコンビニを狙うのか。深夜営業している店でよければコンビニに限らず、例えばレンタルビデオ屋でも飲食店でもよさそうなものである。

捜査会議でもこの疑問は話題に上ったが、他の深夜営業の店は閉店まで客足が途絶えないということと、必ず監視カメラを常備しているのはコンビニだからだろう、という高梨の推論通りではないかというところに話は落ち着いていた。

犯行を繰り返す為には出来るだけ犯行を目撃されないことが必須になる。が、自己顕示欲の強いこの犯人は、自分の犯行を衆人に見せたいが為に、監視カメラを必ず設置してあるコンビニを狙うのだろう、という彼の説明には、『何故コンビニばかりが狙われる』という疑問を呈示した本人である納も納得せざるを得なかった。

犯人像が次第に明らかになってくる——が、その実態は杳として知れず、徒労のような聞き込みを三日間続けた挙句のこの第五の事件に、納は普段以上の憤りを感じ、憤怒の溜め息をついた。

「ほんま、腹立つなあ」

傍らで、まるで納の胸中を察したかのように高梨がそう呟き、納を見やる。

「人の命をなんやと思うとるんや。面白半分に人殺しする奴くらい手に負えんもんはないわ」

「本当にな」

全く同感、と納も高梨の顔を見返した。無差別殺人の犯人の検挙はそれこそ物証に頼る以外にないという意味で通常の殺人事件よりは難しい。動機が見えてこないからである。

被害者殺害の動機から犯人を絞り込むことが出来ないこの手の事件は迷宮入りすることも多く、今回もそれだけは避けたいと納をはじめ捜査員たちは日々血眼《ちまなこ》になってその『物証』を探し続けていた。

ゲームのように次々と殺人を繰り返す犯人に対する怒りは、思うように進まない捜査状況に対する苛立ちと相俟《あいま》って益々激しく納の胸で煮え滾《たぎ》っている。犯人に自分の所轄内で犯行を繰り返されたことも、納の怒りに拍車をかけていた。なんとしてもこの手で捕まえてやる、と納が鼻息荒くそう心に念じたそのとき、傍らの高梨の携帯が鳴った。

「はい、高梨」

即刻応対に出た高梨が、数秒後には、

「なんだって？」

と大きな声を出したものだから、その場にいた刑事たちはいっせいに彼の傍へと集まってきた。

「……わかった。すぐそちらへ戻る」

電話を切った彼に「どうしました？」と竹中が声をかける。

「チャカの出所がわれた。田中、竹中はこの場に残って近辺の聞き込みを続けてくれ。納さん、新宿署でもう少し範囲を広げて——そう、歌舞伎町《かぶきちょう》くらいまでの聞き込みをお願い出来ますか？」

てきぱきと指示を出す高梨に、部下たちは口々に「了解です」と答えながらコンビニを飛び出していった。納も部下に聞き込み場所の指示を与えていると、高梨が横から声をかけてきた。

「納さんは一緒に本部に戻りましょう」

所轄を仲間外れにしないという気遣いなのだろう。納の部下たちの顔が、ほっとしたように綻《ほころ》ぶ。

「悪いな」

納が思わず小さな声で詫びると、

「何を仰いますやら」

高梨もまた小さな声で返し、笑ってみせた。

「それじゃ、何か出たらすぐ連絡しろよ」

手早く部下への指示を終え、コンビニを出て行く彼らの背に声をかけつつ、納は高梨と共に自分も現場をあとにした。

「チャカの出所は？　やっぱり暴力団か？」

車の中で納が助手席の高梨に問い掛けると、

「いや、ちゃうんやけど……まあ、今回は暴力団のお手柄や、とは言えるかもしれんね」

高梨は笑って、連絡を受けたばかりの状況を教えてくれた。

「チャカを捌《さば》いていたんは、ハタチそこそこのフリーターらしいんよ。自分で東南アジアで劣悪な拳銃仕入れてきてインターネット使《つこ》うて売りさばいていたらしい。と言うても実際売ったんはまだ一丁らしいんやけどな」

「インターネットか」

納が顔を顰《しか》めたのは、彼の年代には珍しくコンピューター関連には一切弱いという理由からだった。それに気づいているのかいないのか、高梨が軽く頷き話を続ける。

「最近はヤクザにもIT化が進んでるようで、自分たちのシマぁ荒らしとる奴がおる、っちゅうんで、えらいアングラサイトなのにもかかわらず速攻見つけ出しよってな、若いもん数人で脅しをかけたらしい。『殺されるかもしれん』とそのフリーターがびびって、警察に助けを求めて駆け込んできたらしいんよ」

「……馬鹿じゃねえか」

呆れた声を上げた納に高梨は、

「ほんま、最近の若者はネットビジネスの知識はあってもヤクザの怖さは知らんかったようやね。あまりにも性能が悪いチャカやったから出所は何処やと思っとったけど、まさか素人《しろうと》とは思わんかった」

やはり呆れたように肩を竦《すく》めてみせたあと、溜め息混じりに言葉を続けた。

「本人、署に止めとるそうやから、詳しい話はそこで聞こ。自分の売った銃で殺人が行われたと聞いたら真っ青になっとったらしいわ」

「ほんとに……何を考えてるんだか」

納も苦々しく呟き、溜め息をついた。銃が何に使われるかまるで考えずに販売できるというその神経が納にはわからない。何故そこに犯罪の可能性を考えないのかと、納はまだ見ぬその『フリーター』に対し殴りつけたいくらいの怒りを覚えた。高梨も同じなのだろう、右手の拳《こぶし》を左手の掌《てのひら》に打ちつけるような動作をすると、

「ま、『何を考えて』たかは本人にじっくり聞かせて貰わなあかんね」

そう言い、納を見て、にっと笑ったのだった。

サイレンを鳴らしていたので霞が関までは早かった。車を止め階段を駆け上がろうとすると、高梨は、

「かんにん、先に行っとって貰えるか？」

と納に軽く右手を上げ、ポケットから携帯を取り出した。

「ああ……？」

頷きながらも納は、電話なら車の中ででもすればよかったのに、と首を傾げつつ、一人捜査本部を設置している大会議室へと向かった。

「あ、お疲れ様です。あれ？　警視は？　ご一緒ではなかったんですか？」

ドアを開くと顔馴染《なじ》みの山田が頭を下げたあと、納の後ろを窺った。

「ああ、すぐ来るそうです」

納がそう答えると、横から金岡課長が「なんだ小便か」と大きな声を出す。

「いや、電話のようで……」

別に正さなくてもいいものだが、つい納がそう答えると、山田と藤木《ふじき》が顔を見合わせ笑った。

「ああ、ラブコールか」

「ラブコール？」

思わず納が問い返したところに、「お待たせ」と当の高梨が帰ってきた。心なしか顔がにやけているような気がする、と納がその方を振り返ると、

「警視、『かえるコール』ですか？」

にやにやしながら山田が彼に声をかけた。

「アホ言うな。まだ気が早いわ」

高梨はそう答えながらポン、と山田の頭を軽く殴り、

「『帰れるかもしれへんコール』や」

と笑う。

「お前、捜査情報流すなよ」

注意する金岡課長の顔も笑っていて、納はそんな彼らを見回しながら、そのほのぼのとした情景に、のどかすぎるんじゃないのかと密かに溜め息をついた。

「で？　銃の売人は？」

ひとしきり笑い合ったあと、高梨が表情を引き締め山田に尋ねる。

「第二取調室で待たせてあります。自分、一緒に入って宜《よろ》しいでしょうか」

「ああ、頼むわ。サメちゃんも一緒にどうや？」

書記の役を買ってでた山田に頷いたあと、高梨は納を振り返り、勿論、と大きく頷いた納と高梨、山田の三人がその売人の事情聴取にあたることとなった。

取調室で待っていた『売人』は、それこそ何処にでもいそうな地味な男だった。とてもそんな大それたことを考え、実行するようには見えない。おどおどとした目で取調室に現れた三人を順繰りに眺めたあと、何を思ったのか「すみません」と小さな声で謝り俯いた。

「『すみません』じゃねーだろ。お前、一体自分が何やったかわかってんのか？」

納が激昂《げっこう》し、バンッと勢いよくテーブルを叩く。男はひっというような小さな悲鳴を上げると、泣きださんばかりの勢いで頭を下げ続けた。

「すみません、すみません」

「まあサメちゃん、怒る気持ちはわかるけど、あとは必要な話を聞いてからにしとってや」

高梨は苦笑し納の肩を叩くと、男の正面の椅子《いす》を引いて座った。納にも横の椅子を勧めながら、高梨は後ろを振り返り、山田の記帳の準備が出来ていることを確認する。

「すみません……」

「まず住所氏名年齢職業。『すいません』思うとるんやったら、ウソはつくなよ」

俯いたまま詫び続けていた男に高梨が、静かながらもよく通る声で問いかけた。男はおずおずと顔を上げると、ぼそぼそした声で答え始めた。

「……根本周二《ねもとしゅうじ》です。住所は国立市西三丁目……二十四歳、フリーターです」

「フリーターね……最近まで働いとったんは？」

高梨は彼の顔から視線を外さずに問いを重ねる。

「立川相互《たちかわそうご》病院の薬局です」

「なんや、今度はクスリでも横流ししようっちゅう魂胆やったんか」

高梨がそう言うと、根本という男はびくりと身体を震わせ、「すみません……」と益々その身体を小さくした。

「なんや、図星かいな」

高梨は呆れたように彼を見たあと、傍らの納と目を合わせ肩を竦めたが、やがて、早速本題に入った。

「……で、銃を売り始めたんはいつ頃や？」

「二月の……終わりくらいからです」

根本はまたぼそぼそした口調で、俯いたまま答えている。

「どうして銃を売ろうなんて考え起こしたんや？」

取り調べに高梨が関西弁を使うのは、当たりが柔らかいからと、凄《すご》みをきかせたいときに有効だからという理由だと、以前納は聞いたことがあった。確かに今、根本に話し掛ける高梨の口調は柔らかで相手の緊張感を解く効果があるようだ。根本もその雰囲気に乗せられたように、すらすらと喋り出した。

「去年、マレーシアに旅行に行ったとき、勢いで拳銃を一丁買ったんだけど、それが案外簡単に日本に持ち込めたので……最近時給の高い仕事にもなかなか就けないし、これ高く売れたらいい商売になるんじゃないかと思って……」

「それで？」

高梨が先を促すと、随分と喋り慣れてきたのか根本は顔を上げ、滑らかになってきた口調で喋り続けた。

「犯罪系のネットで拳銃売買は結構見かけていたから、試しに俺もやってみたら三十万って値をつけたのにあっという間に売れちゃって……これはオイシイかも、ってまた三月にマレーシアに行って今度は三丁仕入れてきて、売りに出したところで、急にヤクザが乗り込んできたんです。もう俺、殺されるかと思いましたよぉ」

「阿呆！　当たり前やろう。だいたい拳銃の売買なんざあ素人の手出しできるような領域ちゃうんや！」

そのとき、バンッとテーブルを叩いたかと思うと高梨ががらりと口調を変え根本を怒鳴りつけたものだから、根本はひっと悲鳴をあげ、その場で身体を竦ませた。

「さっきから黙って聞いとればなんや、拳銃売買が『オイシイ』仕事やて？　その『オイシイ』商売の結果をちいとでも考えてみたことがあるんか？　拳銃を欲しごうとる奴が、なんで拳銃を欲しい思うとるんか、一度も考えたことなかったちゅうんか？　お前は『殺されるかと思った』くらいで済んどるからええけどな、実際お前の売った拳銃で人が五人も殺されとるんやで？　どないして責任とるつもりや？　ああ？」

ここでまた高梨はバンッと勢いよく机を叩く。

「っ……すみません、すみません」

根本がわあっと泣き出し、椅子から転がり落ちるとその場に土下座して謝り続けた。

「……ええから席に戻りや」

大きく溜め息をついたあと、高梨はまたも静かな口調で根本に声をかけた。それでも立ち上がろうとしない彼の腕を納が摑んで持ち上げる。

相変わらず緩急のつけかたが上手いな、と思いながらちらと傍らの高梨を見ると、高梨は少し照れたような顔をしてにやりと笑った。

「お前が拳銃を売った男について、もう少し詳しいこと、教えてほしいんや」

ぐずぐずと泣いている根本に高梨は静かに問いを重ねた。

「お前はその男と逢《お》うたこと、あるんか？」

「……じ、実際に会ったことはないです……拳銃の引き渡しは、金と交換ということで、立川駅のコインロッカーを使いました。向こうが言い出したんです。何日何時に金をそのロッカーに置いておく、と……鍵《かぎ》はやっぱり立川の駅の近くの電話ボックスの中、電話の下に貼り付けておくんで、金を取ったら拳銃を入れて、また鍵をそこに戻しておくようにって。きっと向こうも俺のこと、遠くから探ってるんだろうな、と思ったんで、俺もどんな奴だかこっそり見てやろう、とコインロッカーを見張っていたんです」

電話ボックスを見張るのに隠れる場所はなかったのだが、駅のコインロッカーなら駅の利用者に紛《まぎ》れて見張れるんじゃないかと思ったのだという。

「……で？　見たんか？」

尋ねる高梨の声に緊張が走る。納も、そして記帳していた山田も思わず顔を上げ、根本の方を見やった。

「はい」

三人の視線に気圧《けお》されたように俯きはしたが、根本はしっかりと首を縦に振った。

「どんな男やった？」

焦《あせ》りを抑えた声で高梨が問いを重ねる。

「……中肉中背で……黒いツナギを着ていました。背中には竜の刺繍がしてあって、今時そんなもん着る奴がいるんだなあと……。駅でもかなり目立ってました。もしかしたら俺が見張ってることを予想してわざわざそんなカッコしてきたのかもしれません。サングラスにマスクまでかけてましたし……」

漸《ようや》く落ち着きを取り戻したのか、根本はとつとつと語り始めた。

「……『わざわざそんなカッコ』っていうのはどういう意味だ？」

納が横から尋ねると、根本はちらと彼の方を見たあとに、

「奴のハンドルが『ドラゴン』っていうんです」

と言い、また俯く。

「ハンドル？」

なんだ？　と首を傾げた納に、横から高梨が解説を加えた。

「ハンドルネーム……まあ、ネット上のペンネームみたいなもんや」

「へえ」

納が感心し頷いた横では、高梨が根本への質問を続けている。

「で？　他に何か覚えとることはないんか？」

「いえ……ただ、捨てアドで何度かメールのやり取りをしたんですが、なんていうか……もっとエキセントリックな奴かと思ってたら、意外に地味で……歳も考えてたより若そうだなあ、ということくらいしか……」

根本の答えに、意外に地味なのはお前もだ、とツッコミを入れそうになるのを納はぐっと堪《こら》え、地味で若い、と頭の中にキーワードを刻み込んだ。

「そのメール、取ってあるんか？」

「途中のは捨ててますが、最後に貰ったのだけはなんだか気味が悪いんで取ってあります」

高梨の問いに、答える根本の声が心なしか少し弾んだような気がし、納は密かに首を傾げ二人のやりとりに再び注目した。

「なんて書いてあったんや」

「追加で銃弾を買いたいという内容だったんです。最初に売ったとき、弾倉に六発だけ弾を入れてただけだったんで……最後に『お前から買ったこの拳銃で俺のやってることに、もうすぐメディアが騒ぎ出すだろう。楽しみにしていろ』みたいなことが書いてあって。一体奴は何をやらかしたんだろう、と思ってたら、あれなんですね？　コンビニ殺人！　週刊誌でちょっと読みましたよ。俺、あの犯人に銃を売ったんですか？」

根本の目はいやに輝いていた。口元には微笑すら浮かんでいる。説明の出来ない嫌悪感を覚え、思わず納が彼の胸倉に摑みかかろうとするのを高梨は右手で制した。

「ひっ」

納の剣幕にまたも悲鳴を上げ、身を引いた根本に、高梨の怒声が飛ぶ。

「その通りや！　お前が売った銃でもう五人もの人間が死んどるんや。笑い事やないで？　お前にとっては現実の事件もネット上で起こった出来事くらいにしか思えんかもしれんけどな、確実にお前のせいで五人の人間が——お前なんぞよりまだ若い、五人の人間が死んどるんや。わかっとるんか？」

バンッと目の前の机を叩かれた根本は、ひい、と小さな悲鳴をあげたあと、また「すみません、すみません」と泣き始めた。

「……ちぃとも気持ちが籠っとらんわ。お前の『すんません』には」

高梨は、ふう、と大きく溜め息をついたあと、山田を振り返り指示を出した。

「こいつの家からパソコンもってこい。メールアドレスから引っ張れるだけのもんを引っ張ってみる。科研に頼んでこいつのサイトの来訪者も追えるとこまで追ってくれ」

「わかりました」

山田が頷き、あとを納に託して部屋を出て行く。彼の後ろ姿を見送ったあと、高梨はまた視線を根本へと戻した。

「他にはないんか？　その『ドラゴン』について覚えとることは」

腕組みをし、尋ねた高梨の前で、根本はひっくひっくとしゃくりあげながら、それでも必死に考えている様子で首を捻《ひね》っていたが、やがて、「あ」と小さく声をあげた。

「なんや」

何か思い出したのか、と高梨が彼の顔を覗き込む。

「新品の白いスニーカーを履いていたと思います。あと、拳銃を入れた紙袋……あれ、紀ノ国屋のだったような気が……」

紀ノ国屋というのは青山や国立にある高級スーパーの名だと根本は言い足した。

「……そうか」

高梨は頷き、納を見た。納も高梨の顔を見返し、これ以上この男から引き出せる情報はないな、と互いに目で合図しあう。

「ま、起訴が決まるまで当分泊まってきや。また思い出したことがあったら何でも言うて来るように」

高梨はそう言うと、山田と入れ違いに取調室に入って来た藤木に向かい、「もうええわ。連れて行き」と顎をしゃくってみせ、納を伴い先に取調室を出た。

「……新品のスニーカーを履いて『紀ノ国屋』の紙袋を持つ、地味な感じの若い男、か」

世の中にどれだけそれに該当する男がいるというのだろう、と納は溜め息をつく。

「引き渡し場所が立川やったさかいね、直前に国立の紀ノ国屋で紙袋を調達したかもしれんし、まあ住んどるところを特定はできんね」

高梨も渋い顔をしながらも、

「それでもま、チャカの出所が割れただけでもよしとせにゃならんね」

と苦笑してみせた。暴力団の脅しを恐れた根本は署に駆け込んできてからべらべらと全てを白状したのだという。『ドラゴン』というハンドルネームの男にその銃を売った、というところで捜査陣は色めき立ち、詳細を聞くにつれこれは間違いないと、現場にいる高梨に連絡がいった、ということらしかった。

「まさかあんな素人の若造が銃の売買をバイト感覚でやってたとはなあ」

納は再び溜め息をついて高梨を見返す。

「ほんまやで。全くふざけた話や」

憤怒の表情で高梨も頷いたが、やがて、うーんと低く唸り、両手を組んだ。

「弾は六発、か。今まで五発使うたから、残りはあと一発——何処に使うと思う？」

「またコンビニか？『これからメディアを騒がすだろう』なんて言ってくる奴だ。高梨の言った通り相当自己顕示欲は強そうだしな。またコンビニの監視カメラの前に立つか」

しかし一体何処のコンビニなんだ、と納はふうと溜め息をつく。

「犯行に数日を要するのは、夜中人気《ひとけ》のないコンビニを選ぶ時間なんやないかと思うんよ。多摩、品川、新宿近辺——単なる思い付きなんか、何か法則性はあるんか……」

「うーん」

高梨の疑問に納は考え込んだが、やがて大きな声で、

「ダメだ、全然思いつかん」

と溜め息をついた。

「だいたい俺は『何故コンビニばかりを狙うのか』と考えたとき、何かコンビニに恨みでも持ってる奴の犯行じゃないかと思ったくらいの単細胞なんだよ。お前みたいに犯人の深層心理なんかちっとも読めやしないんだ」

頭の出来の差かなあ、と笑おうとする納の言葉を、

「ちょっと待った！」

いきなり高梨が制する。

「なに？」

「コンビニに恨み——それ、ビンゴかもしれん」

戸惑う納の腕を、目を輝かせた高梨が摑んだ。

「ビンゴ？」

高梨の勢いに押され、納は驚いて彼の言葉を繰り返す。

「せや、僕はずっと不思議に思うとったんや。犯人は人気のないコンビニばかりを狙《ねろ》うてる筈やのに、なんで一軒だけ新大久保の——駅近い、深夜二時でも人通りの激しいコンビニを

狙うたんかってな。他の四軒は住宅地の中にある、ほんま夜中には人通りもないようなところにある店やから目撃者は一人も出んかったのに、何故敢《あ》えて危険を冒してわざわざ新大久保のあの店を選んだんか……」

「あの店、若しくはあのバイトの学生に恨みがあるから……か？」

言いながら納も興奮してきた。高梨も顔を紅潮させ大きく頷いてみせる。

「コンビニに対する恨みといったら万引きか何か……よし、これからあの店の店長に客とのトラブルを聞きに行って来る！」

言いながら納は走り出していた。

「サメちゃん、頼むわ」

納が背中で聞く高梨の声もまた、弾んでいた。

犯人の実像が少しだけ目の前を過《よ》ぎったような気がする――。

待ってろよ、と目の前を掠めたその男の影に納は心の中で呟くと、携帯を取り出し部下の橋本に連絡を入れて新大久保のコンビニで合流するよう指示し、逸《はや》る心を抑えつつ現場へと向かったのだった。

5

押収した根本のパソコンの電子メール、ｗｅｂサイトのサーバーからその履歴を調べ、科研は「ドラゴン」を名乗る男のＩＰアドレスを割り出した。が、すべてネットカフェを使っていたことがわかり、今度はその各店に捜査員総出で聞き込みへと回ることになった。

一方、納と橋本が事情聴取した新大久保のコンビニの店長からも、有力な情報が得られた。万引きの検挙率が高いというその店で客ともめたことは過去数十件、態度の悪さに警察まで突き出したのは二十三名だという。新宿署ではそのすべての届出を洗い直し「ドラゴン」になり得る男性をピックアップすると、事件当夜のアリバイを調べるべく捜査員を配置させた。

納は警察までは行かなかった万引犯のチェックも怠らなかった。中でも殺された増本が見つけ、応対した万引犯はいなかったか、とさらにチェックを続けた。

すべての万引犯の洗い出しが終わり、当該者は三名に絞られた。ビデオに映っていた「ドラゴン」と似た背格好で当日夜のアリバイもない彼らにはそれぞれ刑事たちが日夜交代で見張りにつき、第六の事件を未然に防ごうと捜査員たちは必死になっていた。

ネットカフェへの聞き込みに、彼ら三人の隠し撮りした写真が使われるようになると、そのうち数軒で「この人なら見たことがある」という情報が集まってきた。

男の名は斉藤昌弘《さいとうまさひろ》――南長崎に住むフリーターである。

彼は車も所有していた。第四の事件のときに目撃されていた黒のセダンである。なんらかの理由をつけて、任意で引っ張れないか、と捜査陣は頭を捻ったがなかなか斉藤も尻尾《しっぽ》を出さず、遠くから刑事たちが交代で見守って早三日が過ぎようとしていた。

結局泊まり込みになってしまった高梨に、田宮は『愛妻弁当』とともに着替えを差し入れ、また刑事たちのからかいの的となった。

「ごめんな、もうちょっとでカタつくと思うんやけどね」

高梨が申し訳なさそうな顔をして詫びるのに、

「謝ることじゃないよ」

田宮は相変わらずぶっきらぼうにそう言うと、はい、と紙袋を渡した。

「お、警視、愛の差し入れですか？」

羨ましいですねえ、と通りがかった山田に茶化され、田宮は益々不機嫌そうな顔になると、

「それじゃ」とそのまま踵を返そうとした。

「あ、ごろちゃん」

慌ててその手を後ろから取ると、高梨はにこにこ笑って、照れてふいと目を背ける田宮の顔を覗き込んだ。

「折角来てくれはったんやから、もうちょっと話そ、な？」

「あ、今、第三取調室空いてます」

再び横から茶々を入れる山田を高梨は「とっとと仕事に戻らんかい」と睨みつける。

「えへへ、ごゆっくり」

懲《こ》りずにからかい立ち去っていった山田の後ろ姿に「まったくもう」と高梨は溜め息をつくと、ごめんな、と田宮の方をまた振り返った。

「あのさ……人前で『ごろちゃん』は……ちょっと……」

田宮が去っていった山田のほうを見ながら、ぼそぼそとそう言い口籠《くちご》もる。

「なに？　いやなん？」

高梨の身体が次第に接近してくるのを、胸に手をついて制しつつ、田宮は不機嫌な顔のまま、ぼそぼそと続けた。

「いやじゃないけど……示しがつかないというか……」

「……『取調室』はやめとくけどな」

高梨はそんな田宮の手を引くと「おい？」と顔を上げた彼を、強引に斜向《はすむ》かいの会議室へと連れ込み、後ろ手でドアを閉めた。いつも捜査会議に使っているその部屋は、ホワイトボードに被害者や容疑者の写真が貼られていて、本当に刑事ドラマ通りなんだ、と田宮は物珍しさから室内をきょろきょろと見回した。

と、いつの間にかテーブルの上へと田宮の差し入れた紙袋を下ろした高梨が、背中から田宮を抱き締めてきた。

「おい……」

田宮は軽く抗《あらが》ったが、やがて身体を返して高梨の方を向くと、腕を背中へと回しぎゅっと抱き締め返した。

「気にしなくてええんよ。僕は僕なんやから……ごろちゃんは色々、気にしすぎやわ」

高梨もまた抱き締め返し囁くのに、

「良平は気にしなさすぎだよ」

田宮は彼の胸に身体を預け、高梨の顔を見上げる。かちりと目が合い、高梨の唇が田宮のそれを追いかけるのに、

「……神聖な職場で」

田宮は高梨を睨み、彼の腕の中で身体を捩った。

「かまへんて」

それでも強引に彼を抱き寄せ、高梨が唇を重ねようとする。

「忙しいんじゃないのか」

「休憩休憩」

無駄？　な抵抗を続ける田宮の頬に手をかけ、自分の方を向かせると、怒ったような顔を

しながらも素直に目を閉じた彼の唇を高梨は己の唇で塞いだ。

二日ぶりの逢瀬《おうせ》――逢《あ》えなかった時間を埋めようとするかのように、深くくちづける高梨に応え、田宮も舌を強く絡ませてくる。

「ん……っ」

微かに離れた唇の間から漏れる田宮の吐息を拾うかのようにまた唇を塞ぎ、己の背に縋《すが》りつく彼の身体を、高梨が力いっぱい抱きしめたそのとき、不意にドアが開いた。

「し、失礼」

叫び声のあと、慌ててバタンと扉が閉められる。驚いて唇を離しはしたが、まだ抱き合ったまま、あっけにとられて高梨と田宮はドアを見やった。

「……誰？」

身体を離しながら唾液まみれの唇を手の甲で拭い、田宮がバツの悪そうな顔で高梨を見る。

「あの声は……サメちゃんかな」

高梨は肩を竦めると、再び田宮の背を抱き寄せようと手を伸ばした。

「まあ、ええやないか。見せたって減るもんじゃなし」

「減るって」

田宮は腕を突っぱねて彼の身体を押し退《の》ける。

「減らへんて」

「減るよ。良平の給料が」

田宮の台詞に、高梨はつい、上手いことを言う、と笑ってしまった。

「これしきのことで減俸になんかならへんよ」

「それじゃ、良平の威信が」

またも上手いことを言い、田宮が高梨を睨む。

「もともとそんなもん、ないようなもんや」

高梨は全く意に介さず、懲りずにまた田宮の身体を抱き締めようとする。

「やめろって」

田宮が彼の胸を押しやったそのとき、遠慮深そうに部屋の扉がノックされる音が響いてきたかと思うと、外から納のやはり遠慮深い声が響いてきた。

「悪いんだけどな、そろそろ捜査会議始めたいって、おたくの課長が言ってるぞ」

「だから言ったじゃないか」

それを聞き、田宮は高梨のことを突き飛ばすと、そのまま部屋を出ようとドアノブへと手をかけた。

「ごろちゃん」

高梨がそんな彼の背中に静かな調子で声をかける。

「なんだよ」

「ほんま、ありがとね」

半身だけ振り返った田宮に高梨は紙袋を取り上げ、目の高さで振って見せた。

「……頑張って」

ぼそ、と田宮が告げる間に高梨は彼との距離を詰め、唇を軽く重ねた。

「おやすみのちゅう、な」

高梨が笑い、うん、と頷いた田宮の手の上からドアノブを握って外へと開く。

「すまんな、お待たせ」

高梨は全く悪びれずに、扉から少し離れたところに立っていた納に――彼なりに気をつかったんだろう――片手を上げると、再び田宮に向かって「ほんま、ありがとな」とにっこり笑った。

「それじゃ、また来るから」

田宮は納の視線を気にしたのか、頬に朱を走らせながらそう言うと軽く納に会釈をし、その場を駆け去っていった。高梨も納も、彼の後ろ姿を暫し見つめてしまっていたのだが、やがて高梨が納を振り返った。

「じゃ、会議を始めるか」

打って変わって厳しい表情を見せる高梨を前に、このギャップは何なんだろう、と納は心中で溜め息をつきつつ「おお」と答え、集まり出した刑事たちと共に、先ほど高梨たちが濡れ場を演じていた会議室へと入っていった。

「斉藤は何か動きを見せましたか？」

現場三ヶ所それぞれの所轄の刑事たち、鑑識、科研など、五十人ばかり集めた会議室の前方に立ち、高梨は順番に彼らの話を聞き始めた。

「いえ、今は仕事がないようで、相変わらず家にいるか、出歩くとしても近所のコンビニか本屋、そんなところでしょうか」

感づかれてはいないと思うんですがね、と新宿署の橋本が立ち上がって報告するのに、高梨が問いを発する。

「根本とコンタクトを取る気配はないですか？」

根本の逮捕はマスコミには伏せてある。あと一発しか残っていない銃弾の補充を根本に申し込んだという斉藤が、再びどこかで彼に連絡を取るだろうと予測した高梨が伏せさせたのだ。

「ありません。誰がどう流したのか、根本のサイトの掲示板に根本が警察に駆け込んだという情報がリークされてます。シマを荒らされた暴力団の仕業《しわざ》だと思うんですがこれは防げませんでした。ただ、斉藤がそれを見ている可能性は低いです。この三日張り付いてますが、インターネットの出来る店に彼が立ち寄った形跡はありません」

「奴は自分のパソコンを持っていないわけじゃないだろう」

　横から金岡課長がそう口を挟むと、

「いえ、持ってはいないようです。まあ最近のモバイルは小さいですから普段持ち歩いているというのならちょっとわかりませんが」

　と橋本が答える。と、その答えを受けたように科研の菅野《かんの》が立ち上がって報告した。

「毎日アクセスログは調べてるんですがそれらしいＩＰは出てきませんね。常連が多いようで、殆ど全て、誰のものかは確認とれてるんですが、それこそ暴力団員のＩＰ見つけましたが斉藤の閲覧した足跡は今のところ残っていない、と考えて良いようです」

「そうですか……ではまだこれからコンタクトを試みるかもしれないという可能性はありますかね」

　高梨は両腕を組むと、考えをまとめるように一人で喋り始めた。

「しかし……最近はマスコミでもこの『コンビニ殺人』は取り上げられつつありますしね。根本に『大騒ぎになる』と調子に乗って漏らしたことを実は後悔してるのかもしれへん。前回のブツの受渡しのときも根本は彼の姿を見に行った。それに気づいているからこそ、斉藤もサングラスにマスク、そしてあの竜のツナギでその姿を見せたんやろう。次回の受渡しのとき、根本が警察に密告《タレコ》まないという保証はない。全然別口の入手先を探しているのかもしれないが……」

と、ここで高梨は言葉を切ると、納へと話を振った。

「それにしてもあまりに動かないのは気になりますね。次に狙う店の下見をしている気配もなし、ですか？」

「ええ。ただ気になるのは、彼がよく出入りしているコンビニです。あの店の周囲はそれこそ深夜に人通りがなくなる。前の事件が起こってから今日で丸三日、マスコミも騒いできましたし、そろそろ次の店を選別する頃ですが、もともとそれほど行動範囲の広い男でもないようですし、いよいよ家の近所を狙うかな、と――」

「ああ、そうか多摩地区は通っていた高校があり、品川は前のバイト先でしたな。新大久保は前の前のバイト先のパチンコ屋の近所だし――確かに、我々警察の動きに感づいたでもなく、彼がここまで動かないというのは……」

高梨は納を見返し、二人して深く頷き合った。

「やりますかね」

竹中が緊張した声を上げる。

「……奴がそのコンビニを下見している様子は？」

高梨が納と橋本に尋ねると、

「この三日、深夜には外出していませんが、それ以前はわかりませんね。家から徒歩五分だ。今まで散々通ってきたでしょうし、今日下見して明日、という可能性も……」

と橋本が答えている傍らで、納の携帯が鳴った。一気に室内の緊張感が高まる中、納が電話を取る。

「……そうか、わかった。そのまま見張ってくれ」

素早く電話を切った納は立ち上がると、

「奴が動いたらしい。服装はTシャツに短パンだがどうやらコンビニへと向かうようだ。時間はちょっと早いが下見かもしれません。続けて張らせてますが、どうします？」

と周囲を見回した。

「拳銃を持ってる気配は？」

問いながら高梨がちらと腕時計を見た。深夜十二時を回ったところである。いつも『ドラゴン』が事件を起こす時間より二時間も早いが、常に時間を守るとは限らない。

「ないそうです。手には財布しか持っていない様子だと言ってました」

納は答えたあとに、「任意で引っ張りますか？」と高梨に問い掛ける。

「……奴が『ドラゴン』だという決め手がまるでない。状況証拠すらまだないに等しい……」

高梨は再び腕を組み低く呟いたあと、

「……が」

と顔を上げた。刑事たちの視線が一気に彼に集まる。

「奴はきっとやる。決行は明日、いや——今夜」

高梨がよく通る低い声でそう告げると、室内は俄《にわ》かにざわめき始めた。

「警視、それは……」

竹中が横から尋ねるのに、

「……勿論これは単なる勘に過ぎない……が、確実に奴はやる。今夜奴のアパートで張り込もう。拳銃を持って出てきた処《ところ》を取り押さえる。一課からは私と竹中、それに山田が、新宿署の方は納さんにお任せします」

高梨はそう言い、納の方を見てにっと笑った。

「ああ、俺も奴は今日動くと思っていた」

納の刑事の勘も、高梨と同じく働いていたらしい。やはりにっと笑い返すと、傍らの橋本に厳しい口調で告げた。

「ウチからは今、張り込んでいる山辺《やまべ》とお前、俺で行く。相手はチャカ持ってるからな、いくら弾があと一発でも、気をつけろよ」

「了解です」

橋本が勢いよく立ち上がると、負けじと竹中と山田も立ち上がり、高梨の方を見た。

「それでは解散。各自、配置に戻ってください」

高梨の声が室内に響く。自信に満ちた声音に、刑事達は皆それぞれに事件の解決が近い予感を抱きつつ、一段と気が引き締まったような顔をして次々と部屋を出て行った。

「サメちゃん、宜しく頼むわ」

高梨が納へと歩み寄り、彼に向かって右手を差し出す。

「……五年前を思い出すぜ」

固くその手を握り納は高梨を見て笑った。

「ほんまや。ま、あれからお互い歳は取うとるけどな」

苦笑しながら高梨もその手を握り返し、互いに目を合わせて小さく頷いたあと、

「じゃ、行こか」

二人は表情を引き締め、橋本と竹中、山田を従えて部屋を後にした。

高梨が左脇を服の上から一瞬押さえる素振りをしたのと同時に、納も自分の拳銃を確かめるように服の上から押さえていた。

「……使わんで済むとええけどな」

ちらと納を振り返り、高梨がぼそりと呟く。

「……まったくな」

小さく頷きながら納は少し前を歩く高梨の背中を見やり、不意に彼の背に回されたあの腕

を——彼のシャツの背を摑むようにしてしがみ付いていた『彼』の腕を思い出し、慌ててぶるっと頭を振るとその残像を追い出そうとした。

「なに？」

気配を察して振り返る高梨に、

「いや、なんでもない」

と答えはしたが、会議室で固く抱き合い唇を重ねていた二人の姿はなぜか納の脳裏にしつこく浮かび、離れてくれない。

「先行くぞ」

その残像を振り切るように納は大声を出すと、「サメちゃん？」という高梨の不審げな声を背に、廊下を駆け出して行った。

6

高梨ら一行が斉藤のアパート近くに到着すると、山辺が彼らの姿を見つけて駆け寄ってきた。

「どうだ？」

納がアパートの二階の彼の部屋を目で示しながら尋ねる。

「コンビニで弁当を買ったあと、ぐるりと店内を一周し——監視カメラをちらっと見上げてましたがね——そのまま真《ま》っ直《す》ぐ家に帰って、部屋でじっとしているようです。カーテンが閉じてるんで中の様子はわかりませんが、部屋にいることは間違いありません」

山辺は大きな目をぐるぐるさせ、興奮気味にそうまくしたてた。まだ配属されて二年目の若手である。

「そうか……」

納はどうする？　というように傍らの高梨を見た。

「とりあえず張り込もう。アパートの出口はひとつでしたね」

高梨が納に頷いたあと、山辺へと問いかけると、

「はいっ！　そうであります！」

山辺は敬礼しかねない勢いで姿勢を正した。捜査一課の警視に声をかけられ一気に緊張が高まってしまったようである。そんな彼の様子に高梨は苦笑したが、すぐに表情を引き締めると、低い声でてきぱきと指示を与え始めた。

「それじゃ、僕らは向かいの四つ角で奴を見張る。アパートを出るときにもう竜のツナギやヘルメットを身につけているか、若しくは手に持っていたら有無《うむ》を言わせず引っ張ろう。手ぶらの場合はとりあえずコンビニに到着する前までは尾行する。コンビニに入ったら発砲しかねへんからな、その前に声をかけ取り押さえよう。それじゃ、納さん、こちらは頼みました」

「おお」

任せろ、と納が頷くのに軽く手を上げ、「行くぞ」と竹中と山田を振り返る。

「今何時だ？」

歩きながら高梨はあとに続く竹中に問いかけた。

「一時十分です」

「『ドラゴン』の犯行時間はいつも午前二時――アパートからコンビニが徒歩五分、ただトレードマークのツナギをここから身に着けて現場へと向かうとは考えられんな」

抑えた声でそう言ったあとに高梨は、今度は山田に問いかける。

「奴は車を持っていると言ってたな」

「ええ、ここから歩いて三分くらいのところに駐車場を借りてます。黒のアコードです」

山田のよどみない答えに軽く頷いた高梨は、

「普段はそこに、ヘルメットやらツナギやらを隠しとるかもしれんな」

と呟くと、再び山田を振り返った。

「駐車場はどっちや？」

「こちらの——我々が張っている、この路地を曲がって二十メートルくらいいったところです」

「わかった。山田はその駐車場で待機、僕は路地と駐車場の中間地点におる。奴が駐車場へと向かって歩いてきたら、竹中、お前は合図した後さりげなく反対方向へ——サメちゃんたちのほうへと歩いて行け。勿論、まっすぐコンビニに向かうようやったらそれも合図するんやで？」

「わかってまんがな」

高梨の指示に竹中はわざとらしい関西弁で笑って答え、いい感じに緊張が解《ほぐ》れた皆は顔を見合わせ、よし、と頷き合うと夫々《それぞれ》の配置についた。

最近暖かい日が続いたというものの、夜はさすがにまだ肌寒い。が、その寒さすら感じられぬほどに己の緊張感が高まっているとふと気づき、高梨は一人苦笑した。

斉藤が現れるという保証はよく考えてみれば――いや、考えなくても――何もない。単に高梨の刑事の勘が『今日だ』と告げただけで、他に何の根拠があるわけではないのだが、それでも彼には間違いなく斉藤がここへと姿を現し、駐車場へと向かうだろうという確信があった。というのも高梨はこの手の勘を外したことがないのである。

斉藤は今夜動く――高梨が心の中でそう呟いたそのとき、四つ角で張っていた竹中が高梨に向かって右手を上げ、こちらへ来る、という手振りをしたあと前方へと姿を消した。

高梨はわざとらしくないよう気をつけつつ、駐車場の方へと向かってゆっくりと歩き始める。背後で人の気配はしたが、足音が聞こえないのはスニーカーを着用しているからだろう。防犯ビデオに映っていた『ドラゴン』も靴は確かスニーカーだった。

服の擦れるような音と抑えたような息遣いがなかなか近づいてこないのは、前方にいる高梨が行き過ぎるのを、わざと遅く歩いて待っているためだと思われた。高梨はそのまま駐車場の前を通り過ぎ、次の四つ角へ歩いていった。曲がりながらちらと後ろを振り返ると、Tシャツにジーンズを穿《は》いた斉藤が駐車場へと入っていくのが見え、高梨は足音を忍ばせゆっくりと来た道を引き返してゆく。

野原に線だけ引いてあるような駐車場の、奥から三番目が斉藤の借りている駐車スペースらしかった。山田はそれより奥の車の陰に身を潜ませているようだ。反対方向からやはり足音を忍ばせ、駐車場へ向かって歩いて来る納たちと目を合わせ、ますます音を立てぬよう注意しながら高梨はゆっくりと駐車場へと近づいてゆく。

隣の敷地の家の塀からそっと駐車場を覗くと、丁度斉藤は後ろのトランクを開け、中に頭を突っ込んでいるところだった。高梨たちはそろそろと彼の背後へと足を進める。斉藤が身体を起こし、トランクの中から取り出したヘルメットを被《かぶ》った。高梨は素早く納と目を見交わすと、凛《りん》と響く大声で斉藤の名を呼んだ。

「斉藤！」

斉藤はびくっと身体を震わせ、高梨の方を振り返ったが、自分を取り囲む刑事たちの姿を見つけて瞬時その場に立ち尽くす。彼の手には高梨たちが散々映像で見させられたツナギらしき服が握られていた。

「銃刀法違反の容疑で逮捕する」

現行犯逮捕の容疑としてはそれだった。高梨たちはゆっくりと斉藤へと向かって近づいてゆく。と、突然立ち尽くしていた斉藤が、

「うわぁあああ」

と大声を上げたかと思うと持っていたツナギを地面へと投げ捨て、それに隠すようにして握っていた拳銃の銃口を真っ直ぐに高梨へと向けてきた。

「来るなぁ！」

大きく開いた斉藤の足ががたがたと震えている。

「諦《あきら》めろ。もう逃げられん。弾は一発しか残っちゃないだろう」

じり、と彼の方へと一歩踏み出しながら高梨が抑えた声で呼びかけた。

「う、うるせえ！　来るなっ。来たらぶっ殺してやる」

斉藤は殆ど悲鳴のような声を上げると、ぶるぶる震える両腕で拳銃を握り締め、高梨に向かって叫ぶ。

「そんな安手の銃じゃよっぽどの至近距離じゃない限り、的には当たらんよ。そないに手が震えとったら尚更や」

高梨が嘲《あざけ》るようにそう言ったのは、自分へと注意を向けさせるためだった。奥の車の陰から、そろそろと山田が斉藤の背後へと近づいていくのを目の端で確認すると、高梨は更に斉藤を挑発するようなことを言い、一歩距離を詰める。

「撃てるもんなら撃ってみい、こっちは大勢いるんや、お前が一発撃った時点でどっちみちすぐに逮捕や。大人しく言うこと聞いた方が身のためやで」

「来るなって言ってんだろ！」

斉藤はヒステリックに叫ぶと、震える手で銃の安全装置を外した。

「高梨っ」

横から低い声で納が注意を促す。高梨は大丈夫だ、と頷きながらもそれ以上近づくのをやめ、斉藤に話しかけた。

「斉藤、お前はもう逃げられん……見ればわかるやろう」

と、そのとき、斉藤はすぐ背後に近寄っていた山田の気配に気づいたようだった。いきなり後ろを振り返り、

「うわぁあああ」

と再び叫ぶと銃口をそちらへと向ける。山田はしまった、というようにその場で身体を低くした。

「あかん！」

高梨は小さく叫んだかと思うと「斉藤！」と叫び、彼の方へと駆け出した。

「来るなよお！」

斉藤は今度は高梨を振り返り、突進してくる彼に向かって銃口を向ける。後ろから彼を羽交い絞めにしようと山田が体勢を立て直すより前に、斉藤の指が引き金にかかったのが見え、撃たれる、と高梨が覚悟を決めたそのとき——。

「高梨っ」

いきなり大声で名を呼ばれた次の瞬間、物凄い勢いで高梨は横へと突き飛ばされた。駆け寄ってきた納が全身を高梨にぶつけて庇《かば》ってくれたのだと高梨が理解するより前に、銃声が駐車場へと響き渡った。

「サメちゃん！」

高梨の目の前で、苦痛に顔を歪《ゆが》めた納が足を押さえて倒れ込んでいく。

「斉藤！　てめえ！」

かちゃ、かちゃ、と弾倉が空《から》であるにもかかわらず、引き金を引き続ける斉藤に橋本が駆け寄り、胸倉を摑んで力いっぱい殴りつけた。

「サメちゃん！」

高梨は納を抱き起こすと、まず銃弾を受けた太腿《ふともも》の傷を見、痛みに顔を歪める彼の身体を揺さぶった。

「しっかりしいや？　大丈夫か？」

「……大丈夫だって。命に別状ある場所じゃないしな」

納は脂汗を流しながらもそう言い、高梨を見上げて笑ってみせた。

「ほんま……サメちゃん、すまん……ほんま、かんにんな」

自分を庇って被弾した納に対して、高梨はどんな顔をして詫びたらいいのかわからなかった。納は「いいって」と笑いながらも、痛みに低く唸っている。

「竹中！　救急車！　山田、本部に犯人逮捕の連絡入れてすぐに斉藤を連行してくれ」

部下に指示を出しながら、自分の腕の中で、痛みに顔を顰める納に向かって高梨は、

「ほんま、申し訳ない、僕の不注意や。ほんまにすまん」

何度も何度も頭を下げ、詫び続けた。

銃刀法違反、殺人未遂で逮捕された斉藤は、取り調べには素直に応じ、すらすらと犯行を自供した。

『なにかデカいことがやりたかった。買った拳銃をぶっぱなしたらすっとした。前にコンビニでバイトの学生に万引きを見つかって偉そうに怒られたことがあったから、コンビニを狙うことにした。そのうち「ドラゴン」の名前で犯行声明を新聞社に送ろうと考えてた』

などと述べたらしいが、まるで反省の色は見られなかったのだという。

「ほんま、異常やわ。少しも『人を殺した』という実感が持てんとまで言うとるらしいわ。ヴァーチャル体験かなんかと間違えてるんちゃうかな。嘆かわしい世の中や」

病室のベッドの上、半身を起こしていた納に向かい、高梨はそう言うと溜め息をついた。

納はあのあとすぐに東京医《とうきょうい》大《だい》病院へと運ばれ治療を受けたのだったが、弾も貫通していたためにそれほどのダメージはなく、三週間ほどの入院で済むとのことだった。そうはいっても納のことであるから、二週間で飽きて松葉杖片手に飛び出してくるだろうと新宿署ではみているらしい。

夜が明ける頃、全ての犯行を自供した斉藤に改めて逮捕状が出され、送致をすませたのが夜の九時過ぎだった。高梨はそれらの報告も兼ね、その足で納の見舞いに訪れたのである。

「それにしてもほんま、サメちゃんには申し訳ないことをしたわ。考えが足りんかった。ほんまに申し訳ない」

高梨は再び深く頭を下げた。傍らではなぜか高梨が連れてきた田宮が神妙な顔をして俯いている。

「いいって。お前だって部下を庇って飛び出したんじゃないか」

と納は高梨の腕を摑むと、

「こんなかすり傷、頭下げてもらうには及ばんよ。三週間大手を振って休めるし、まあ命の洗濯させて貰うわ」

そう言い、豪快に笑い飛ばした。

「……サメちゃん」

高梨はそんな納の心遣いが嬉しいのか、感慨深く名を呼ぶと再びすまん、と頭を下げた。

「お大事にどうぞ」

田宮も彼の横で頭を下げている。

「ああ、有難うございます」

納はなぜかどぎまぎしながら答えると、どうして彼が来たのか、と高梨を見た。

「うん。サメちゃんが僕を庇って撃たれた言うたら、是非自分も見舞いに行きたいってな」

高梨は笑い、な、と傍らの田宮の顔を覗き込んだ。

「ピストルで撃たれたって聞いて心配になってしまって……でも思ったよりお元気そうで安心しました」

田宮も納に向かってほっとしたように笑いかける。その笑顔に何故か納の胸は更にどきん、と大きく高鳴った。一体どうしたことかと顔まで赤くなりそうになるのを納は必死で押し隠し、一段と大きな声を出した。

「いやあ、ほんと気にしないで下さい。大した傷じゃあないですわ」

わざとらしくあははと笑って見せた彼の顔を見て、さすが敏腕警視、高梨は納の動揺を簡単に看破し、じっと顔を覗き込んできた。

「サメちゃん、どないしたん？　赤い顔して……」

「いや、えーと、その、なんだ」

納はそんな高梨の視線を避けるように目を泳がせたあと、苦し紛れに言葉を捻り出した。

「やっぱり夫唱婦随、夫婦で見舞いに来てくれるなんて羨ましいなあ、と思ってな」

「『夫婦』って……あのねえ」

あはは、とまたもわざとらしく笑った納を、田宮が呆れて睨む。

「ほんま、ええ奥さんやでえ」

そんな彼の横で高梨はやに下がった顔をして笑うと、嫌がる田宮の肩を抱き寄せた。

「いい加減にしろよ？」

ぼそりと呟き高梨を睨み上げるその顔も可愛い――などと考えてしまっていた自分に気づき、納はぶんぶんと頭を振ってそんな考えを追い出すと、二人のからかいに走った。

「おいおい、一人身の前でそう見せ付けんなよ」

「なんや、サメちゃん、まだベターハーフはおらへんの？」

甲斐甲斐しく見舞いに来てくれるコレコレ、と高梨は小指を上げて見せ――さすが関西人、やることがベタである――尋ねてくる。

「悪かったな、いねえよ」

納は思いっきり嫌な顔をしてみせると、やれやれ、というように溜め息をついた。

「甲斐甲斐しく見舞いに来てくれるのは橋本と山辺くらいのもんだろ。入院中、洗濯だって自分でやらなきゃいけないんだぜ？　ほんと俺も甲斐甲斐しく世話やいてくれる可愛いヨメさんが欲しいもんだよ」

「あの……」

とそのとき、不意に田宮が口を開いたものだから、納も高梨も思わず彼へと目を向けた。

「よかったら俺、洗濯物とか運びましょうか？　その足で自分で洗濯するのって大変でしょうし……」

軽く首を傾げながらそんな有り難いことを言ってくれた田宮の可愛い顔を前に、納はそれ

こそ胸の鼓動が三倍くらいに跳ね上がるのを抑えることが出来なかった。思わず彼は田宮にぼうっと見惚《みと》れてしまっていたのだが、

「あかん！　あかんよ、ごろちゃん、何言うてんの？」

横で騒ぎ始めた高梨の大声に、納ははっと我に返った。

「何って……ここなら俺、会社帰りに寄れるし……」

田宮は高梨の剣幕に押されながらも、何を言ってるんだ、というように眉を顰め言い返している。

「あかんあかん！　サメちゃんのパンツとごろちゃんのパンツを一緒に洗うなんて、僕にはとっても耐えられへん。絶対にあかん！」

真剣な顔でそう言い縋る高梨に向かって田宮は、

「馬鹿じゃないか？」

と心底呆れた声を上げると、喚《わめ》き立てる高梨を睨み付けた。

「だいたい、納さんはりょうへ……高梨さんを庇って怪我《けが》したんだろ？　俺で少しでも役に立つことがあれば、やってあげたいじゃないか。なんでそれが駄目なんだよ」

「せやかて……」

あの高梨が子供のような口調でいじけている——納はただただ口をぽかんとあけ、そんな二人のやり取りを聞いているしかなかった。

一方、入院中また田宮に会えると思うと彼の心もなぜだか弾んでくる。この気持ちはもしかして――と納が頭に浮かびそうになる考えを振り払うようにぶんぶんと頭を振ったそのとき、

「わかった」

突然高梨が大きな声を上げたものだから、納と田宮、二人して彼を見やった。

「なんだよ？」

田宮が不審そうに眉を顰める中、高梨が、

「ごろちゃんがココ来るときは、絶対僕も一緒に来る。これだけは絶対譲れへん。ええな？」

いきなり目を剝いてそう宣言したものだから、納も田宮もあっけにとられてそんな彼を見返した。

「サメちゃん、安心しいや。僕も『甲斐甲斐しい見舞い』に参加や。洗濯かて僕がしたるで」

にこにこしている高梨に「馬鹿じゃないか？」と田宮が呆れ果てる。そんな二人を前に納は複雑な胸中を抱えつつ、引きつった笑いを浮かべていた。

「本当にもう、何考えてるんだよ」

病院を出た途端、俺は傍らを歩く良平を睨みつけた。

「なに？」

良平は不思議そうに少し目を見開いたが、すぐああ、と笑って、

「ま、なんちゅうか、おさえきれない独占欲ちゅうの？　オトコの哀《かな》しいサガやね」

そんなふざけたことを言い、わざとらしく溜め息をついてみせる。

「馬鹿じゃないか？」

今日何回目かの『馬鹿じゃないか』を言った俺は、良平の乗ってきた覆面パトカーの助手席へと乗り込んだ。先ほど会社の近くまで彼が迎えに来てくれたのだ。これから俺を家まで送り、その足で残務処理をしに署へと戻るという彼に、俺はそれならバスで帰ると言ったのだが、「少しでも一緒にいたいんや」と囁かれ、つい彼の好意に甘えることにしたのだった。

面会時間を過ぎているからか、病院の駐車場はがらんとしていた。俺は良平が運転席に乗り込みエンジンをかける姿を見ながら、彼から犯人逮捕を知らせる電話を受けたときのこと

を思い出していた。

『サメちゃん』が——納刑事が良平のかわりに撃たれた、と聞いたとき、俺はそれこそ心臓が止まるほどに驚いた。刑事という仕事上、命の危険にさらされることもあり得べしとは思っていたが、それを改めて目《ま》の当たりにしたような気持ちだった。

良平が無事でよかった、と安堵に胸を撫で下ろした途端、撃たれて入院したという納刑事に対してひどく罪悪感を覚えた。それで思わず彼の見舞いに自分も行きたい、と頼んでしまったわけなのだけれど——と、俺はここで小さく溜め息をついた。先程の良平の子供じみた振る舞いを思い出してしまったからだ。

「なに？」

良平が一旦かけたエンジンを切ると、俺の顔を覗き込んできた。

「……ほんとに……何考えてるんだか」

溜め息混じりに彼を見返す。と、良平の手が伸びてきて、俺の頬を捕らえたかと思うと、そのまま身を乗り出してきた彼に唇を奪われた。

ちらと窓の外を見たが幸い人の気配はない。安心して目を閉じ、貪《むさぼ》るようなくちづけに応えようと口を開いたとき、かちゃ、という音がし、良平が俺のシートベルトを外したのがわかった。

そのまま覆い被さってくる彼の背を抱きしめようと腕を伸ばしたとき、良平がシートのレバーを引いた。

「わっ」

がくん、とシートが水平に倒れ、バランスを失って声を上げた俺の身体に良平が伸《の》し掛かり、唇を塞ぎ続ける。そのうちに彼の手が俺の下肢へと伸びてきて、服越しにやんわりとそこを握ってきた。俺の太腿にあたる彼自身も熱く硬くなっている。

「ごろちゃん……」

唇を僅《わず》かに離し俺の名を囁くと、良平は手を俺のベルトへと移動させ手早く外し始めた。

「……おい……」

いくら今は無人とはいえ、まだ駐車場に車は数台停まっていたと思う。誰が来るかわからないこんなところで、と俺は彼の手を上から押さえようとした。

「……ごろちゃんが欲しいんよ……今すぐ」

だが、ぐい、と自身を押し付けられながら良平にそう囁かれては、何も言えなくなってしまい、俺は目を閉じ彼の背にぎゅっとしがみ付いた。

気持ちは俺も一緒だった。今すぐにでも良平とひとつになりたかった。良平の手がファスナーを下ろし、下着ごとスラックスを下ろそうとするのを腰を浮かせて手伝った。

良平は片方だけ俺の靴を脱がせ、スラックスを片脚だけ引き抜くと、俺に再び伸し掛かってきながら俺に脚を大きく開かせ、片方をドアの窓へと乗せた。

剝き出しにされた下半身に革のシートの冷たさが妙に心地いい。良平は再び俺にくちづけながら、手を俺の脚の付け根へと移動させ、後ろを探り当てるとゆっくりと指を挿入させてきた。

覆い被さる良平のスーツに擦られ、俺の雄がびくんと大きく脈打ったのがわかる。良平は後ろを指でかき回しながら、服越しに自身を、勃ちかけた俺の雄に擦り付けるようにして身体を動かしてきた。

先端から零れる液で彼の服が汚れてしまうと、塞がれた唇を離して告げたいのに、良平は強引に舌を絡めてきてくちづけをやめるのを許してくれない。

キスを続ける良平が、俺の後ろを弄る指の本数を増やしてきた。背筋を上る快感に、思わず両手両脚で彼の背中にぎゅっとしがみ付く。

「入れてええ？」

しつこいほどに後ろをかき回したあと、良平は漸く俺から唇を離すと、掠れた声で囁いた。頷く代わりに俺は彼の背に回した腕を解き、良平のベルトへと手をかけた。

良平も自らジッパーを下ろし、勃ちきっていた雄を取り出すと、再び俺に覆い被さり、後ろにそれを捻じ込んできた。びくん、と俺の雄がまた腹の上で反応する。

ずぶずぶと根元まで彼自身を咥え込むと、俺の後ろもその質感の懐かしさに熱く滾るような気がした。思わず自分も腰を浮かせて、彼を求めるように動いてしまう。

「待っててや」

良平が嬉しそうな顔をして、ぐい、と更に奥を抉《えぐ》ってくれる。

「……ぁっ」

狭い車内に、自分の声が妙に響くのが恥ずかしかった。良平は俺の脚を抱え、激しく抜き差しを始めた。奥までつきたてられる度に俺の雄はびくびくと脈打ち、我慢しなければと思うのに先端からは先走りの液が零れ続ける。

「ス……スーツが……っ」

上がる息の下、なんとかそう言って彼の身体を押し退けようとすると、

「かまへんて」

良平は抑えた声で答え、尚も激しく突き上げ続けた。

既に俺はもう限界で、首を横に振ると懇願の目で良平を見上げた。

「駄目だっ……って……」

「……しゃあないな……」

ようやく良平もわかってくれたのか、ぽつりと呟いたあとに手を伸ばして後ろのシートからティッシュを数枚抜き取り、俺自身を包んでくれた。

「……これでええやろ？」

にっこり笑う彼に俺は小さく頷くと、彼の動きを誘いたくて後ろをぎゅっと引き絞る。

「……っ」

良平はすぐに気づいてまたにっこり笑うと、再び激しく腰を打ち付け始めた。俺もティッシュ越しに自身を握り締め、彼と一緒に達しようと扱き始めたそのとき――。

『警視、警視、いらっしゃいますか』

いきなり聞こえてきた無線に、俺たちは二人して動きを止め――互いに目を見交わして大きく溜め息をついた。彼の背にしがみ付いていた手脚を俺が解くと、ずる、と後ろから彼の、爆発寸前のそれが抜かれる。

「くそ、またかいな」

良平は悪態をつきながら、よいしょ、と俺の上から退いて運転席へと戻り「はい、高梨」と無線のマイクを握った。

『四谷三丁目で殺しです。直行できますか？』

声の主は竹中刑事らしかった。俺は溜め息をつきながら、既にぐしょぐしょになりつつあったティッシュで自身を拭うと、片方の足首で丸まっていた下着とスラックスを身につけ始めた。

「わかった。場所は？　三丁目のどのへんだ？」

マイクに向かって怒鳴りながら、良平がゴメン、と俺を片手で拝んだ。脚の間で彼のそれも同じように頭を下げたように見え、悪いと思いつつ俺はつい笑ってしまった。

「あああああ！　ほんまに、一体どないなっとるっちゅうねん！」

マイクを投げつけるようにして無線を切った良平が、大きな声で怒鳴り天を仰いだ。

「絶対何かの陰謀やわ」

愚図愚図言ってる彼に、俺は助手席から身体を乗り出して唇にキスをする。

「ほんま……ごろちゃん、毎度毎度ごめんな」

唇を離すと、良平が心底悲しそうな顔をして俺に頭を下げてきた。

「……いってらっしゃい」

俺は再びそんな彼の唇へと軽く自分の唇をぶつけたあと、

「前、閉め忘れないようにな」

そう言い、にやりと笑って車を降りた。現場に直行する彼に、流石に家まで送ってはもらえない。

「ごろちゃーん、見捨てんといてやぁ」

追い縋るように叫んでくる良平の声を背に思わず笑ってしまいながら、俺は一人帰宅の途についたのだった。

さんざん『フィニッシュ』を邪魔された俺たちが心ゆくまで互いの欲望を発散しきることができるまでには、もう少し時間がかかることになる。

納刑事の入院日記

「ちーっす。サメさん、具合どうですか？」

元気な声を張り上げて橋本《はしもと》が病室に入ってきた。後ろには山辺《やまべ》が控えていて「どうも」と小さく頭を下げている。入院四日目、撃たれた傷は痛くないといったら嘘《うそ》になるが、それよりじっと大人しく寝ていなければいけない退屈の方に俺は参りそうになっていた。

「よかねえよ」

ぶすっと言い捨てると、橋本はあはは、と笑いながら、

「元気そうじゃないっすか」

と折り畳みの椅子《いす》を持ち出してきて、どっかりと座る。

「ああ、隣から椅子、借りてきていいぞ」

救急で運ばれこの病院に入院することになった俺は、外科の六人部屋が満室のために二人部屋に入れられていた。昨日相部屋のじいさんが退院したために、今は贅沢《ぜいたく》にも個室状態になってしまっているのだが、こんなうるさい奴らが訪ねて来るのには個室でちょうどいいかもしれない。

「有難うございます」

俺に言われたとおり、山辺は隣の空《から》のベッドの横からパイプ椅子を持ってきた。

「お隣、退院なさったんですか？」

「ああ、元気で退院してったよ。うるさい刑事さんたちに宜《よろ》しくってな」

山辺が尋ねてきたのに答えてやると、

「もともと元気なじいさんでしたからねえ」

初日に見舞いに来たときに、そのじいさんから『うるさい』と注意された橋本が、また、あははと笑った。

「反省の色がねえな」

橋本に呆《あき》れてみせながら俺は、じいさんのことを思い出した。本当に元気なじじいだった。簡単な盲腸の手術だったらしく、寝ていると退屈で仕方がない、と仕切りのカーテンを開けてはなにかと俺に話しかけてきた。連れ合いは去年亡くなったとのことで、子供たちが見舞いに来ないとよくぼやいていた。

橋本がそれほど騒いだわけでもないのに注意したのも、自分のところに見舞いが来ないのを当たってしまったからだ、悪かったな、とあとから詫《わ》びられ、気持ちがわかるだけに俺はなんと答えたらいいかと困ったものだ。

正直、じいさんのお喋《しゃべ》りに閉口することもあったが、実際いなくなってみるとどれだけあのお喋りに退屈を助けられていたかがわかる。娯楽といえば備え付けのテレビしかない――

しかも有料だ――この病室で、俺は昨日から暇を持て余し、一人悶々《もんもん》と過ごしていたのだった。

「あ、花なんて貰《もら》ってるし。いいなあ、コレですか？」

橋本が俺の枕元の花瓶《かびん》に生けてある花束を目ざとく見つけ、にやにやしながら小指を立ててみせた。

「……ならいいんだけどな。昨日高梨《たかなし》が来てくれたんだよ」

「高梨警視が？」

俺の答えを聞き、山辺が後ろでいきなり居住まいを正す。どうやら彼は高梨に心酔しているらしい。敏腕で人当たりも良くて、文武両道で、その上見た目もいいとなると、まあ、憧《あこが》れる気持ちはわからなくもないが、彼のもうひとつの顔を――あまりに意外な一面を見てしまったら、山辺は憧れを抱《いだ》き続けていることができるだろうか、と俺は心の中で密《ひそ》かに溜《た》め息《いき》をついた。

一昨日《おととい》、高梨がこの大きな花束を持ってわざわざ見舞いに来てくれたのには、理由がある。彼を庇《かば》って被弾したことを申し訳なく思ったからか、彼の恋人――といえばいいんだろうか――が、入院中の俺の世話を買って出てくれたのだ。世話といっても洗濯物を運ぶくらいのものなのだが、それにひどくやきもちを妬《や》いた高梨が、絶対に自分も同行する、と宣言し、宣言どおりに恋人を伴って俺の病室へと見舞いに来てくれたのだった。

二人が来たときには同室のじいさんは検査で、ちょうどベッドを空《あ》けていた。もしじいさんが居合わせたら、驚きのあまり口をあんぐりあけることになったかもしれない、というくらいのいちゃつきっぷりを見せ付けてくれた彼の恋人はなんと――男、なのだった。

何かというと身体《からだ》に触りたがる高梨の手を「いい加減にしろよな」と払いのけ、

「これ、下着とパジャマ、買ってきました。トランクスでよかったですか？」

と俺の顔を覗《のぞ》き込んできた彼の――高梨が『ごろちゃん』と呼びまくるので、俺もついつい『ごろちゃん』と呼びたくなってしまう、田宮吾郎《たみやごろう》の大きな目に引き込まれそうになりながら、俺はしどろもどろに礼を言い、金は払いますから、と頭を下げた。

「気にしないで下さい」

彼は笑って――笑った顔もまた可愛いのだ――それらを俺の枕元にある備え付けのボックスへと入れてくれた。

「洗濯物、もって帰りますね。タオルと下着……あ、今パジャマ着替えますか？」

俺がボックスに突っ込んでおいた洗濯物を取り出している彼の後ろでは高梨が、

「ああ、ごろちゃんが他の男のパンツを洗う日が来るなんて……」

とまんざら冗談ではない調子で深く溜め息をついていた。

「……馬鹿じゃないか」

高梨を上目遣いで睨《にら》むその顔もまた可愛くて――と、思わず見惚《みと》れてしまっていた俺をごろちゃんはいきなり振り返ると、「どうします？」と軽く首を傾《かし》げて尋ねた。

「え？」

頭にかあっと血が上るのがわかる。おたおたしつつも痛いほどの高梨の視線を感じたが、どうにも速まる心拍数を抑えることが出来ない。

「パジャマ着替えますか？　あ、ついでに下着もかえちゃいますか？」

ごろちゃんはまた下着を入れたボックスに屈《かが》み込み、新品のパジャマとトランクスを俺に手渡すと「はずしたほうがいいかな？」と高梨を見た。

「まあ男同士やけどね。サメちゃんの裸体見てもちっとも興奮出来へんし、ちょっと廊下に出てるわ」

ある意味失礼な発言をしながら、高梨はごろちゃんの背に手を回すと、仕切りのカーテンを閉め外に出ようとした。

「あ、大丈夫ですか？　ひとりで着替えられます？」

そんな彼の腕を振り払い、ごろちゃんが俺に尋ねるのに、俺は思わず彼にトランクスを脱がしてもらっている自分を想像してしまい、

「え」

と一瞬絶句した。高梨も同じ画《え》を想像したんだろう。

「あかん、あかんよ！」

大きな声で叫んだかと思うと、いきなりごろちゃんをカーテンから押し出そうとした。

「なんだよ」

「ええわ、サメちゃん、僕が脱がしたる。ごろちゃんは外で待っとって」

訝《いぶか》るごろちゃんを無理やりカーテンの外へと押しやったあと、高梨が俺を振り返る。

「まさかサメちゃん相手に、僕の脱がしのテクを披露する日が来ようとはなあ」

溜め息混じりに俺のパジャマのボタンに手をかけた高梨を、

「いらねえよ！」

と俺は力いっぱい突き飛ばしたのだったが——。


「そうそう、四谷署管内で起こった殺人事件、佳境だそうですよ。捜査一課も休む暇ないってこないだ別件で本庁に顔出したとき、竹中《たけなか》刑事がぼやいてました」

橋本の声に俺は我に返った。

「そうなのか」

相槌《あいづち》を打ちながら俺は、先日まで俺たちが追っていた事件の間、泊まり込みに次ぐ泊まり込みで頬《ほお》もそげていた高梨の顔をふと思い出し、そんな彼を心配しているであろうごろちゃんへと思考が飛びそうになるのを、なんとか踏みとどまった。

自分で自分の気持ちが抑えられない。なんにでもすぐ関連付けて彼のことを考えてしまっている。まるでこれでは彼に——。

「サメさん？」

橋本の呼びかけに、俺は再び我に返った。

「あ？」

「やだなあ、もう入院ボケですか？　さっきからぼんやりしちゃって」

なあ、と橋本が山辺を振り返る。「そうですね」と答えていいものか迷っているような顔をした山辺が、「あ」と小さく声を漏らし、病室の入口へと目をやった。なんだ、と俺もそっちへと目をやり——どきん、と大きく胸が高鳴るのをひとり必死で抑え込む。

そこに立っていたのは、今まで俺が橋本に指摘されるほどにぼんやりしながら考え続けていた相手——ごろちゃんだったのだ。

「こんにちは」

俺と、室内の橋本と山辺に軽く頭を下げると、ごろちゃんは病室へと入ってきた。

「こんにちは」

「どうも」

橋本も山辺も頭を下げながら、俺に向かって『誰？』と目で尋ねてくる。

「洗濯物持って来ました。また持って帰りますね」

ごろちゃんは彼らに遠慮したようで、簡単に用件だけ言うと、紙袋の中から取り出した、洗濯ずみのパジャマと下着を俺の枕元のボックスへと入れるために屈み込んだ。

「弟さん？」

サメさん、弟なんていましたっけ？　と橋本がその様子を見ながら俺に尋ねてくる。

「いや、えーと……」

俺はなんと紹介すればいいのかと一瞬迷った。高梨の恋人だ、と正直に告げるのもどうかと思うし、じゃあ俺とどういう関係だといわれても、はっきり言って『無関係』としかいいようがないくらい、俺たちの付き合いは薄いのだ。強《し》いて言えば、今、俺がもっとも惹《ひ》かれている相手――なんてことは、『高梨の恋人』以上に言えるわけもなく――と、俺はここで自分の考えていることに愕然《がくぜん》としてしまった。

『惹かれている』――？　なんで俺が高梨の恋人に、しかも男に、惹かれなくっちゃいけないんだ？

馬鹿馬鹿しい、と俺は笑おうとしたが、笑い飛ばすことができないことに、またまた愕然としてしまった。少しも笑えない。俺はずっと彼のことばかりを考えているじゃないか。

「サメさん、何一人で百面相してるんですか？」

橋本が呆れた声をかけてくるのに、みたび俺は我に返る。さて、彼らにごろちゃんをどう紹介するかだ、と頭を巡らせようとしたとき、そのごろちゃんが立ち上がり、二人に頭を下げた。

「はじめまして、田宮といいます。納《おさめ》さんの友人です」

「あ、はじめまして。橋本です」

「山辺です」

二人ともなぜかかしこまって椅子から立ち上がり、ごろちゃんに向かって頭を下げる。

「どこかであったこと、ありませんでしたっけ？」

橋本が尋ねると、ごろちゃんは軽く首を傾げて、「……さあ？」と橋本を見返した。

先日の事件のとき、高梨のところに差し入れに来た彼と廊下ですれ違いでもしたんじゃないか、と思わなくもなかったが、ごろちゃんに見つめられた橋本が急に慌てた様子になり、

「いや、別にナンパの手じゃあないですよ？」

そうオーバーに両手を振ったので、俺はつい笑ってしまった。

「ナンパ？」

不思議そうに目を見開くごろちゃんに、

「いえ、なんでもないです」

橋本は更に慌てて会話を断ち切ると、山辺を振り返った。

「じゃ、俺たちはそろそろ失礼しよう、な」

「え？」

戸惑《とまど》う声を上げる山辺を無視し、橋本が今度は俺に、

「じゃあサメさん、お大事に。また暇見つけて見舞いに来ます」

と頭を下げると、脱兎《だっと》のごとき勢いで病室を駆け出していった。

「橋本さん？」

山辺は不思議そうな顔をしていたが、一人残ることもできないと思ったのか「それじゃ、また来ます」と俺とごろちゃんに挨拶《あいさつ》し、「待ってくださいよう」とやはり病室を駆け出していってしまった。

「……気を遣わせちゃいましたかね」

すみません、とごろちゃんは俺を見て、申し訳なさそうな顔をした。

「いや、なんだか今、忙しいらしいんですよ。いつまでも辛気《しんき》臭い俺の顔なんて見ていたくないと思ってたんでしょう。いいきっかけ与えてもらって、奴らも内心喜んでますよ」

普段以上に饒舌《じょうぜつ》になっている自分に驚きながらも、俺はそう答えた。何か意識的に喋っていないと、とんでもないことを言い出してしまいそうだからだったのかもしれない。

「そりゃないでしょう」

笑った顔があまりにも可愛い——と、俺が見惚れる先でごろちゃんは、はっとしたような表情になると、

「すみませんでしたね、勝手に『友人』なんて名乗ってしまって」

と俺に頭を下げてきた。

「いや……」

なんと答えていいのか一瞬困って黙り込む。

「『高梨さんの友人です』じゃあ余計わけわかんないかなあって思って……ほんと、すみません」

ごろちゃんは俺の沈黙をどう取ったのか、ますます申し訳なさそうな顔で再び謝ってきた。

「いや、そんな、『友人』なんて嬉《うれ》しすぎますよ」

思わず本心がポロリと出る。それを聞き、よかった、というように笑ったごろちゃんの顔に俺の胸の鼓動はますます高鳴り始めた。

「りょうへ……高梨さんと同い年だそうですね。俺も年近いし、ほんと、何でも遠慮なく言って下さいね。退屈だったら本でも何でも持ってきますし……」

ごろちゃんは思ったよりも気さくな男のようだ。いつも高梨を介してしか話したことがなかったゆえ、俺は勝手に大人しいタイプだと思い込んでいたのだが、そういうわけでもなさそうだ、と新しい発見になんだか嬉しくなってきてしまった。

「退屈退屈。ま、仕方がないけどな」

彼の『敬語』をほぐしたくて、自分のほうから喋り方を改めてみる。

「わかる。俺も半年前、結構長く入院してたんだけど、ほんと寝てるだけって退屈だよな」

さすが気働きのごろちゃん、敏感に俺の意図を察して会話から敬語を退けてくれた。が、

『結構長い入院』というのは——？　と俺がそれを尋ねると、

「りょう……高梨さんから何も聞いてない？」

ごろちゃんは困ったような顔をしてちょっと笑ったが、俺が聞いていないと首を横に振ると、

「半年前、ここ刺されて——」

自分の下腹のあたりを指差し、すうっと線を引いてみせた。

「刺されて？」

驚いて大声を上げた俺に、ごろちゃんは明るく笑うと、

「ああ、それで二ヶ月くらい入院してた。ほんと、退屈だったよ。日頃の睡眠不足解消、なんていってたのは最初の頃だけだったね」

と、また『退屈』に話を戻した。きっとあまり触れられたくないことだったんだろう、と俺は気づき、彼の会話に乗ってやることにした。

「ああ、俺ももう寝飽きたよ」

話したくないものを無理に聞き出す気はない。が、二ヶ月も入院するほどの刺し傷を負ったというのは正直驚きだった。高梨の部下から聞いた「二人が出会うきっかけになった事

件」が原因なんだろうか、と俺は考え、ふとその高梨はどうした、と今更のように思い出した。

「あれ？　今日、高梨は？」

「ああ、仕事が立て込んじゃって来られないって。サメちゃん……ああ、ごめん。納さんに宜しくって言ってたよ」

「なんだ、何がなんでもごろちゃんとは一緒に来る、これだけは譲れへんって言ってたのにな」

俺が笑うと、ごろちゃんは、

「馬鹿馬鹿しい。本気にするなよ」

と少しいやな顔をしてみせた。そんな些細《ささい》なことでもなんだか近しくなった証《あかし》のようで、俺をたまらなく嬉しい気持ちにさせる――かなり重症のような気がする、と自分で思わなくもないけれども。

「すまんすまん」

俺がふざけた調子で両手を合わせると、ごろちゃんもすぐに笑顔になった。

「あ、そうそう」

そして何か思い出した顔になり、持っていた紙袋を探ると――彼は今日は二つ、大きな紙袋を下げてきたのだ――ごろちゃんは、タッパーをそこから取り出した。ビニールでくるまれているがもういい匂《にお》いが漂ってきている。

「なに？」

俺は子供のようにドキドキしながらタッパーとごろちゃんをかわるがわるに見やった。

「この間、病院のメシじゃ全然足りないってぼやいてたろ？　今日休みだったから作ってみたんだけど、よかったら……」

ごろちゃんは少し照れた顔でそう言うと、はい、とそのタッパーを俺に手渡した。

「なに？」

俺は信じられない思いでごろちゃんを見返す。ごろちゃんの手作り朝飯をご馳走《ちそう》になったとき、料理上手だなあとは思ったが、そのごろちゃんが俺のために手作り弁当をこしらえてくれたというのだろうか？

「いや、たいしたモンじゃないんだけど……」

俺が感激に打ち震えているのを、ごろちゃんはどうとったのか、ますます頬を赤らめ、ぼそぼそとした口調でそう言い足した。あまりの可愛さに俺はとうとう自分を抑えられなくなり、思わず片手でタッパーを、もう片方の手では彼の手を力いっぱい握り締めてしまった。

「いや、ほんと、有難う！　感動した！」

「古いよ」

ごろちゃんは俺に手を振り回されながらそう苦笑している。別に某元首相の真似《まね》をしたわけではない、本当に感動したのだったが、ごろちゃんはさりげなく俺の手から自分の手を引き抜くと、ぼそ、と独り言のようにこう言った。

「そんなに腹が減ってるんなら、もっと作ってくればよかったかな」

納さんも身体デカイしな、と笑って俺を見た彼は、俺の感激を空腹のせいだと思ったらしい。

「ほんと、助かった」

俺はあえて彼の思い違いを訂正するのをやめた。君の手作りだからうれしい、なんて言おうものなら思いっきり引かれるだろうと思ったからだ。

それにしてもなんという甲斐甲斐《かいがい》しさだろう。相手はこの俺だというのに——と、俺はここで自分の胸がどきん、と大きく脈打つのを感じた。

もしかして、相手がこの俺だから、とか——？

「オーバーだなあ」

あはは、と笑うごろちゃんの顔を見上げているうちに、頭にかあっと血が上ってくる。血は上っていっただけじゃない、下ってもいったようで、胸も俺の下半身もドクドクと熱い鼓動の音を響かせていた。

「あ、そうだ、パジャマも着替えるか？　折角洗濯物持って帰るし」

そう言い、パジャマを取りだそうと俺に背を向けたごろちゃんを、思いっきり後ろから抱きしめようと身体を起こし――。

「いててて」

あまりの痛みに、悲鳴を上げ、再びベッドへと倒れこんだ。変に弾傷を受けた右足に力を入れてしまったらしい。

「なに？　どうしたの？」

「いや、なんでも……」

慌てて振り返ったごろちゃんに、俺は痛みを堪《こら》えつつ無理に笑顔になったのだったが、その瞬間、またしても彼に着替えさせてもらっている自分の姿を思い浮かべ、さらに頭とそこへと血を上らせてしまった。

「赤い顔して……熱でもあるのかな？　看護師さん、呼ぼうか？」

何も知らないごろちゃんが心配そうに俺の顔を覗き込んでくる。

「大丈夫、大丈夫だって」

看護師に布団でも捲《まく》られたら、なに、ヤらしいこと考えてるんですか、と一発で見抜かれてしまう――男の身体は正直だ――と、俺は必死でごろちゃんの心配を退けようと、痛さやら何やらを堪えて笑ってみせた。

「き、着替えはいいや。面倒だ。また次にするよ」

「そうか？」

ごろちゃんはまだ心配そうにしていたが、あまり無理強いするのも何かと思ったらしく
「それじゃ、また来るよ」と唐突にそう言い、屈み込んでいた身体を起こした。

「え？　もう帰るのか？」

思わず正直な気持ちが口から零《こぼ》れてしまう。ごろちゃんは少し困ったような顔をして笑うと、

「これから本庁に着替え持っていかなきゃいけないんだ。今日は俺、下着の運び屋みたいだよ」

最後はふざけた口調になり、下げていた二つ目の紙袋を振って俺に見せた。

「え……？」

途端に俺の気持ちが急速に萎《しぼ》んでいく。そういえばさっき橋本も言っていたが、捜査一課は再び泊まり込みの毎日が続いているらしい。

高梨への差し入れのついでに――俺にも作ってくれたってわけか。

期待しまくった自分があまりにも馬鹿に思えて、俺ははあ、と大きく溜め息をついてしまった。ごろちゃんは不思議そうにそんな俺の落胆振りを見ていたが、

「そんなに退屈だったら、今度来るときに何か本でも持って来ようか？」

彼なりに気を遣ってくれたんだろう、あまりに優しい言葉をかけてくれた。鈍いんだか鋭いんだかわからないそのリアクションに俺は再びこみ上げる溜め息を必死で押し隠すと、

「高梨に宜しく言ってくれ」

無理矢理笑顔を作って彼を送り出してやった。


彼が病室を出た途端、俺は貰ったタッパーをあけてみた。

「お稲荷《いなり》さんだ……」

高梨の好物なんだろうか、と思うとまた少し苦い思いが芽生えたが、試しにひとつ食ってみて――あまりにも美味《おい》しかったために思わずもうひとつ、またひとつ、と次々と平らげてしまった。

空のタッパーを目の前に未練がましく指を舐《な》めながら、俺は一生懸命お稲荷さんを作ってるごろちゃんの姿を想像し、そのあまりの健気《けなげ》さ、可愛さに、胸が詰まり――といっても一気食いしたお稲荷さんが詰まったわけではない――再び大きく溜め息をついたのだった。

罪な郷愁

プロローグ（KOIKE'S MONOLOGUE）

新幹線を降りた途端、むっとくる蒸し暑さを感じた。ホームに溢《あふ》れかえる人波に揉《も》まれる不快さに更に苛々《いらいら》を募らせながら俺は階段を下り、改札を抜けた。

大阪も勿論《もちろん》人は多い。が、大阪の人ごみは無秩序に見えて実は法則性を持っていて、ここ、東京のように皆が皆好き勝手な方向へと、てんでんばらばらなスピードで歩くのとはわけがちがうのだ。そんなことを考えながら丸の内中央口を出てタクシー乗り場に向かった俺は、またも目の前に生じた行列に舌打ちした。

本当に苛々して仕方がない。漸《ようや》く順番が来て、年老いた案内係に導かれ乗り込んだタクシーの中、何より自分が苛ついているのは、『東京に来た』というだけで無性に苛々している自分自身に対してなのだ、と気づかなくてもいいことに気づいてしまい、ひとり溜《た》め息《いき》をついた。

「お客さん？」

目的地を言え、と運転手がミラー越しに俺の顔を見る。

「警視庁」

そんな無愛想な運転手にもむかつきそうになる自分を持て余し、俺はシートに深く身を沈めると、彼以上に無愛想な口調でそう告げた。

「警視庁……」

呟《つぶや》きながら運転手がハンドルを切り車を発進させる。再びミラー越しに俺を眺めた瞳《ひとみ》の中に好奇の光を見たような気がしたが、俺は彼に話しかける隙《すき》を与えなかった。窓の外、流れる丸の内の風景をぼんやり見やる。

東京の街並み——大阪とも名古屋とも、他の地方都市のどことも空気の色が違うように見えるのは、きっと俺の単なる思い込みなのだろう。俺は東京が嫌いだった。無駄に着飾った街、ごみごみとした雑多な街、二十四時間犯罪の溢れる街、他人に無関心な街、そして——。

この東京のどこかに、幼い頃に別れたきりの俺の母親が住んでいる——はずだった。

俺が五つになるかならないかのとき、俺の母親は俺の父と俺を捨て、男と駆け落ちした。俺の父は人がいいと言うか律儀というか『捜さないで下さい』の書置きどおり、母の行方《ゆくえ》を捜すことをせず、暫《しばら》くして送られてきた離婚届に判をついて役所に提出してやったらしい。そのときの消印が東京だったと聞いたのは俺が随分《ずいぶん》大きくなってからだった。

「苦労しとるんちゃうかなあ」

そんな仕打ちをされて尚《なお》、母のことを案じていた父は、俺が大学に上がった年に亡くなった。もともと血縁の薄い人だったから葬式はいたって簡単で、勤めていた市役所の職員たちが取り仕切ってくれた葬式に参列してくれたのは、父の友人、二、三人くらいだった。

遺品を整理しているとき、父が大切にしていた文箱の中から、母が家を出たときの書置きと、離婚届を送ってきたときの手紙が出てきた。

簡単な手紙だった。言い訳も何もなく、ただ『ごめんなさい』の言葉と、博義《ひろよし》——俺のことだ——のことを宜《よろ》しく頼む、とだけしか書かれておらず、あまりに淡白な内容に俺は、その流麗な文字を何度も何度も読み返し、他に何か隠されているんじゃあないかと馬鹿馬鹿しくも便箋《びんせん》を透かして見たりもした。

封筒の消印は東京の杉並局のものだった。今はもうぼんやりとしか思い出せない母の顔を俺は頭に思い描き——父は、幼い俺がいつまでも母の写真を眺め、母を慕って泣いているのを見かねてある日全ての写真を処分してしまったのだ——こんなものを後生大事にとっておくくらいなら、何故《なぜ》父はあのとき母を連れ戻しに行かなかったのかと、俺は死んだばかりの父のことを思った。

大人しい父だった。父が声を荒らげたところを俺は殆《ほとん》ど見たことがなかった。父には妹が一人いて、母がいなくなってしまってからはその叔母が俺たちの面倒を見てくれていた。

「兄さんは人がよすぎるのよ」

時折思い出したように怒る彼女に父は「仕方ないやろ」と弱々しく笑うばかりで、逆に叔母のことを宥《なだ》める始末だった。

父の両親も早逝《そうせい》したそうなのだが、叔母も俺が高校のときに亡くなった。癌《がん》だった。告知されたとき、「あんたのことが心残りで仕方がないわ」と俺の手を握り締めながらわんわん泣いた叔母は未婚だった。俺を本当の息子のように思ってくれていた彼女が俺にとっては『母親』そのものだったから、彼女の葬式では俺も父と一緒になって号泣《ごうきゅう》してしまった。

父の死因も癌だった。父の兄弟はどこかにいたのかもしれないが、殆ど親戚づきあいをしていなかったので、父が亡くなったあと俺は『天涯孤独』の身の上になってしまった。

もともと人付き合いはそれほど好きなほうではなかったので、それを寂しいと感じたことはなかった。父の年金や退職金で俺は大学を卒業し、なぜか警察へと進路を決めたのだった。

どうして警官になろうと思ったのか——中学のとき、俺は一度ぐれかけたことがあったのだが、そのとき俺を補導した少年課の刑事と、就職活動をしている最中ばったり再会したのがその理由だった。

企業に勤めるのも、父のように公務員になるのも今ひとつピンときてなかった俺は、懐かしいその顔を見たとき、同じ公務員でも刑事ならいいかもな、と思った、そんな単純な動機で大阪府警の試験を受けることを決めたのだった。

人並みに正義感はあるつもりだったが、実際捜査にあたるようになると犯罪者に対する憤りを人一倍感じている自分に気づいた。案外天職だったのかもしれない。ときに「やりすぎだ」と言われるくらいに容疑者を追及し、課の検挙率を上げていった。

「なんやお前の取り調べ、八つ当たりにしか見えへんわ」

先輩刑事からそう言われることがよくあったが、成績のいい俺をやっかんでるんだろうとしか思えなかった。八つ当たりなんかじゃない、俺は目の前の犯罪者が罪を逃れようとするのが許せないんだ、と心の中で反論したが、敢《あ》えて口に出すことでもないだろうとそんな周囲の声を黙殺しつづけた。

すぐ熱くなる俺は藤本《ふじもと》さんという老練な刑事と組まされることが多かったが、藤本さんも口には出さないながらも俺のやり方を余り快くは思っていないことがその態度から見て取れた。が、そこは『老練』、俺を上手《うま》く使えばいいと思っているのか、あまりに行き過ぎたときはさすがに制されることもあったが、敢えて俺に注意を促そうとはしなかった。

今回の東京出張も本当ならその藤本刑事と二人で来るはずだったのだが、立て続けに事件が起こり二人も外すことは出来ないと、急遽《きゅうきょ》単独で俺が東京へと乗り込むことになったのだった。

大阪で起こっているのと同じ手口の事件が、東京の四谷で起こったのだという。情報交換のためと現場等を見るためにその事件を担当していた俺が、警視庁の捜査一課と四谷署を今日訪れる連絡は入れておいたが、もともと仲の悪い東阪であるから、歓迎されないのは目に見えていた。

次々と苛々の種を思いつき、俺は大きく溜め息をつくと再び車窓から車内へと視線を戻した。先程からちらちらと、ミラー越しに運転手の視線を感じていたためだ。

「お客さん、もしかして刑事さん？」

果たして彼は俺が目を向けた途端に、そう話し掛けてきた。

「あ？」

それを聞いてどうするというのだろう。俺は肯定とも否定ともつかない口調で答えると、ミラー越しにその運転手を睨《にら》みつけた。

「あ、いえね、そうかなあって思っただけで、それがどうしたってわけじゃあないんですよ」

途端に運転手は愛想笑いを浮かべると、「ほんと、朝から蒸しますねえ」と無理やり話を切り替えた。

時候の挨拶《あいさつ》に乗ってやる義理はない。俺は再び車窓へと視線を向け、官庁街特有の古びた堅固な建物を退屈しのぎに眺め始めた。

東京は嫌いだ――。

ふとそんな思いが頭に浮かび、殆どこの地を踏んだことがないにもかかわらず、そこまでこの街を嫌悪できる自分の思い込みに俺は苦笑した。

既《すで》に母の消息などわからない。もう東京にはいないかもしれないし、その生死すら俺は知らないというのに――と、ここまで考え、俺は再び苦笑する。

これじゃまるで、俺の東京嫌いは二十年も前に別れた母親のせいみたいじゃないか、と思ったからだ。

もうはっきりと顔も思い出せない母。共に過ごした思い出も何も記憶の中に殆ど残ってなどいない母親が、それほどの影響力を持つわけがない。俺は一人肩を竦《すく》め、馬鹿馬鹿しい思考を頭から振り落とした。

「正面でいいですか？」

運転手がスピードを緩めながら振り返る。ああ、と頷《うなず》き金を払うと、俺は再び不快な蒸し暑い外気の中、車を降り立ち、正面玄関の階段を上りはじめた。


捜査一課には一度来たことがあるので、場所はすぐに知れた。薄暗い廊下を歩きながら、俺は大阪での捜査状況を説明すべく頭の中で纏《まと》めはじめた。と、前方の『一課』の表示があるドアから一人の若い男が出てきた。

どこかで見覚えのあるその顔――男も俺に気づき、俺の顔を見て、「あ」と小さく声を上げる。

部屋に向かう俺と部屋から出てきた彼はあっという間に距離をつめた。

「どうも……」

擦れ違いざまに男が小さな声でそう言い頭を下げたとき、俺は彼が誰だったかをはっきりと思い出していた。一度だけ東京の依頼を受け、取り調べをしたことがある男だ。名前はたしか——と、そのとき、

「ごろちゃん、外まで送っていくわ」

大きな声が廊下に響き渡り、俺も男もぎょっとして声の方を振り返った。

「高梨《たかなし》警視……」

一課から走り出してきた姿を見て、思わずその場で姿勢を正す。高梨警視も俺に気づき、少しやつれたようなその顔に微笑を浮かべ俺に話しかけてきた。

「ああ、小池《こいけ》さん、お待ちしてましたわ。遠いところお疲れさんです」

「いえ……」

いつものことながら、俺はこの人の前ではなんだかペースを崩してしまう。三十前に警視に昇格した、所謂《いわゆる》キャリアの中でもエリート中のエリートであることを微塵《みじん》も感じさせないその人当たりのよさのせいだろうか、独特の雰囲気をもつ彼は、府警でもなぜか人望を集めていた。

関西弁に騙《だま》されてるんじゃあないか、などと陰口を叩《たた》く者もいたが、そういう輩《やから》も本人を

目の前にすると必ず相好《そうごう》を崩す。ありゃ絶対将来上行くわ、と藤本刑事などは大きく頷いていたが、確かにその通りかもしれないと実は俺も密《ひそ》かに思っていた。

「どうぞ先に部屋、入っとってください。すぐ戻りますんで」

言いながら高梨警視はあの男の背に腕を回し、俺の前から立ち去ろうとした。

「いいよ、別に送ってなんかくれなくても……」

男は——何と言う名だったか、あの事件が解決したと聞いたのは半年ほど前のことだった——小さな声でそう言うと、高梨警視の手を振り切って、俺に軽く会釈《えしゃく》をし、そのまま廊下を反対方向へと歩き始めた。

「ごろちゃん、待ってって」

高梨警視が大声で呼びかけながら追いかけてゆく。

ごろちゃん——ごろちゃん？

そこで初めて俺は彼の名前を思い出した。田宮吾郎《たみやごろう》——OL強姦殺人事件の容疑者として、大阪に出張に来ていた彼を取り調べたときの記憶が次々と甦《よみがえ》ってくる。

あのとき、突然現れた高梨警視に彼をさらわれるようにして連れ去られたことを、俺は随分藤本さんに零《こぼ》したものだった。

落とせたのに、と憤る俺を「まあまあ」と藤本さんは宥めてくれたが、あとから真犯人があがったと——被疑者死亡で送検されたそうだが——聞いた彼に「かえってよかったじゃないか」とからかわれ、苦々しい思いをした記憶が一瞬のうちに甦《よみがえ》り、その男が一体なぜここにいるんだ、と遠ざかる二人の背中を見つめ首を傾《かし》げた。

「ごろちゃんってば」

高梨警視が田宮の肩を摑《つか》んで自分の方へと引き寄せる。

「な……？」

驚きに目を見開いた俺の後ろから、

「ごろちゃん、ご馳走《ちそう》さまです」

「めちゃめちゃ美味《おい》しいですよぅ」

やたらと明るい声が響き、今度はそっちに驚いて、背後を振り返った。

『捜査一課』の扉の中から数名の刑事が、口に何か頰張《ほおば》りながら『ごろちゃん』に向かって手を振っている。と、中の一人が立ちつくす俺に気づいたのか、「えーと？」と話し掛けてきた。

「大阪府警の小池です」

頭を下げた俺の横で、別の若い刑事が、

「また作ってきてくださいねえ」

と尚も大きな声を出す。

「お前ら、全部食うたらあかんよ！」

高梨警視が振り返りそう怒鳴《どな》り返す横で、その『ごろちゃん』は紅《あか》い顔をして頭を下げていた。

一体何が起こっているというんだ——？

激しく混乱する俺の前に、大きめのタッパーが不意に差し出された。中にいくつもの稲荷《いなり》寿司が並んでいる。

「宜しかったらどうぞ。遠い処《ところ》、ご苦労さまです」

さっき話しかけてきた若い刑事が、にこにこしながらタッパーを手に俺の前に立っていた。

「はあ……」

なんと答えていいかわからず、俺は呆然《ぼうぜん》とその稲荷寿司と、差し出してくれた刑事と、そして振り返って高梨警視とその『ごろちゃん』へとかわるがわるに目をやった。

「あ、竹中《たけなか》といいます。ほんと、これ美味しいですよ。どうぞどうぞ」

呆然としている俺に、竹中と名乗った刑事はタッパーを押しつけるようにして差し出してくる。わけがわからないままに口へと運んだ稲荷寿司は——確かに旨《うま》かった。

「早《はよ》う部屋に戻らんかい」

と、そのとき、高梨警視が、しっしっというように俺の周囲にいる若い刑事たちに手を振った。

「またまたあ、キスでもしようっていうんじゃないでしょうねえ」

竹中刑事が叫ぶ声に、俺は思わず口の中の稲荷寿司を噴き出しそうになった。

「わかっとるんなら、はよ戻らんかい」

高梨警視は笑って答えると、まるで皆に見せびらかすように『ごろちゃん』の肩を抱き寄せる。

「馬鹿じゃないか」

呆《あき》れた声を上げ『ごろちゃん』がそんな彼を突き飛ばしたあと、「それじゃ、失礼します」と一礼し、くるりと踵《きびす》を返して廊下を走り去っていった。

「ごろちゃん、ありがとね」

彼の背中に高梨警視が一段と大きく叫んでいる。

ここは――捜査一課、だよな？

首を傾げながらも、俺の手は無意識に再びタッパーへと伸びていた。二つ目の稲荷寿司を頬張り俺は、この和気藹々《あいあい》とした雰囲気に戸惑《とまど》い、当初の目的も忘れて呆然と立ち尽くしてしまっていた。

1

「……っ……もうっ」

田宮が耐えきれぬように身体《からだ》を捩《よじ》って逃れようとする。

「……なんで逃げるの」

掠《かす》れた声で囁《ささや》きながら高梨は田宮の身体を己の方へと引き戻し、再び彼の下肢《かし》に顔を埋《うず》め、雄を口の中で弄《いじ》り続けた。

「……駄目……だ……っ」

出る、と田宮は高梨の髪を摑み、必死で彼の頭を自分のそれから遠ざけようとする。

「出せばええやないの」

一瞬だけ口を離し高梨はにこりと笑ってみせると、またその先端から先走りの液を零している、今にも達しそうな田宮の雄を咥《くわ》えた。

「やっ……」

田宮は背を大きく仰《の》け反らせ、必死で達するのを堪《こら》えている。多分自分に気を遣っていると思《おぼ》しきその行為は、高梨の中に加虐の心を芽生えさせた。

高梨にとって田宮の精液を飲むのは少しも苦痛などではなくかえって嬉《うれ》しいくらいのものなのだが、田宮が時折高梨の雄を口に含むとき、放ったそれを飲み下すのに、かなりの苦痛を伴うのだろう。

だからこそこうして田宮は必死で射精するのを堪えている。自分を気遣っての行為とわかっていながら、田宮の嫌がることを強《し》いていると思うだけで高梨は普段以上に己の心と身体が高ぶるのを感じ、尚も執拗《しつよう》にその先端へと舌を絡ませ、竿の部分を手で扱《しご》き上げ始めた。

「……っ」

田宮がまたびくん、と身体を震わせるとシーツをぎゅっと握り締める。高梨はもう片方の手をそろそろと彼の太腿《ふともも》へと伸ばしてゆくと、片方の脚を己の肩に担ぎ、下肢をシーツから少し浮かさせた。そうして手を後ろへと伸ばし、双丘を割りながらいつも高梨を熱く迎えてくれるところへと、そっと指を捻《ね》じ込んでゆく。

「……っ」

再びびくん、と田宮の身体が震え、シーツを握り締める手に力が込められた。後ろに入れた指をゆるゆるとかき回しながら、相変わらず口では雄を攻め立て続ける。田宮は必死で身体をずり上がらせ、行為から逃れようとするのだが、高梨はそれを許さず、後ろへ入れた指を増やして執拗に前後を攻め立て続けた。

「……んんっ」

田宮の身体が次第に汗ばんでくるのがわかる。しばらく田宮は無駄な抵抗を続けていたが、いよいよ耐えられなくなったのか声にならない叫びをあげると、高梨の口の中にその精を吐き出した。

ドクドクと流れ続けるそれに呼応するかのように、田宮の後ろは入れられたままの高梨の指を断続的に締め上げてゆく。その刺激を返すように高梨が指をかき回すと、彼の雄は思い出したようにまたその先端から白い液を吐き出した。全てを絞り取るような勢いで高梨は彼の雄を吸い上げ、尚も後ろに入れた指をかき回し続ける。

「……良平《りょうへい》……」

田宮の手が高梨の髪へとまた伸びてきて、いつまでも自身を咥えている高梨の顔を上げさせた。高梨は田宮のそれを口から離さず、手も休めずに自分を見下ろす彼の顔を真《ま》っ直《す》ぐに見上げる。

「なんでそんなに……今日は意地悪なん……っ」

そう言いかけた田宮が言葉を呑んだのは、高梨が乱暴に後ろをかき回したからなのだが、高梨はそんな彼の様子に、にやりと笑うと、再び彼の下肢に顔を埋め、達したばかりの田宮の雄を丹念に舐《ねぶ》りはじめた。

「やめろっ……」

田宮は身体を捩り、前後を攻める高梨から逃れようと必死になっている。それでも執拗に身体の角度を変えてその雄にむしゃぶりついていた高梨だったが、ふと自分の目の高さにある田宮のシーツを握り締める手が震えているのに気づき、顔を上げて田宮の顔を見た。

「……ごろちゃん……どないしたん？」

途端に高梨は田宮を離し、後ろからも指を引き抜いて彼と同じ高さにまで自分の身体をずり上がらせる。

「……っ」

田宮の大きな瞳には、今にも零れ落ちそうなくらいに涙が盛り上がっていた。高梨の勃《た》ちきった雄が田宮の勃ちかけたそれに擦《こす》れ、田宮はまたびくんと身体を震わせたが、自分を抱きしめる高梨の顔を目の前に、ふいと彼から目を逸《そ》らせた。横を向いたために、ぽろりと涙が一滴、流れ落ちたのを片手で拭《ぬぐ》い、田宮は高梨に抱かれたまま、唇を噛《か》んで涙を堪え、目を逸らし続けている。

「ごろちゃん？」

高梨がおろおろし、そんな田宮の背を更に強い力で抱き締めた。

「どないしたん？　そんな、泣くほどいやなこと、僕、してしもうたんかな？」

どんなに顔を覗《のぞ》き込もうとしても顔を背け続ける田宮に近く顔を寄せ、高梨は必死で彼と目を合わせようとする。

「……や……じゃないけど……」

田宮の声が掠れている。少し鼻にかかっているのはこみ上げる涙を堪えているからなのだろう。

「さっきから、俺ばっかり……なんで一緒に……」

シーツに顔を埋め、肩を震わせる田宮を高梨は力いっぱい抱き締め、切々と訴え続けた。

「ほんまごめん、ごめんな。久々ゆっくりごろちゃんと過ごせるさかい、思わずはしゃいでもうたんよ。ここんとこずっとごろちゃんにも我慢させ続けやったし、ここらで一発、ごろちゃんにこれでもかっちゅうほど楽しんでもらいたいと思ってしもて……ほんま、ごめん、泣かんといてや。ごろちゃんに泣かれたらもう、どないしたらええかわからんわ」

「……もう…俺の嫌がること……」

田宮が俯《うつむ》いたまま、震える声で囁く。

「せえへん、絶対せえへんから、泣かんといてや」

高梨はそう断言すると、ぎゅっと田宮の身体を抱きしめた。

「……ほんまやな？」

田宮が、にや、と笑いシーツから顔を上げる。

「……ごろちゃん」

高梨は啞然《あぜん》として、腕に抱いた田宮を見下ろしていたが、漸く田宮の『うそ泣き』に気づき、彼を睨んだ。

「ごろちゃん……卑怯な手ぇ、使いよってからに」

「卑怯で結構」

田宮は笑って自分から高梨の唇を塞《ふさ》ぎ、

「お互い嫌じゃないことを……しようよ」

彼の背を抱き締め返すと、萎《な》えかけた高梨の雄に自分の雄を摺《す》り寄せた。

「……可愛い手ぇ使いよって」

高梨も笑って田宮を抱き寄せ、ぎゅっと尻を摑む。

「せやけどごろちゃん、口でやられるの、ほんまに嫌なん？」

くちづけの為《ため》に顔を近づけながら、思い出したように高梨が尋ねると、

「馬鹿」

田宮は悪態をつき、ふいと顔を背けた。

「……なんや、恥ずかしがっとるだけかいな」

ぼそ、と呟いた高梨の胸を田宮が力いっぱい押し上げ睨む。

「馬鹿じゃないか？」

「うそうそ、かんにん。ごろちゃんが嫌やないことするさかい、許して」

囁きながら高梨は、赤面している田宮の身体を再び抱き締め、そろそろと後ろへと手を伸ばした。田宮も自ら脚を上げ、脚を高梨の腰へと回して抱き寄せる。

「……よかった……これは嫌やないんね」

くす、と笑う高梨の腕の中で、ますます田宮は赤面し、彼を睨んだ。

「だからなんでそんなに今日は意地悪なんだよ」

「お互いさまやないか」

高梨は笑うと、すっかり元気を取り戻した自身を彼へと埋め込むべく、田宮に更に高く腰を上げさせたのだった。


「ああ、寝とってええよ」

行為のあと、疲れ果てて眠る田宮を起こさぬように、高梨はそっとベッドを抜け出しシャワーを浴びたのだったが、シャワーからあがってきてみると、田宮は既にTシャツとトランクスを身につけリビングの椅子《いす》に腰掛けていた。

「シャツ、出しておいたから。コーヒー飲むか?」

田宮が元気よく椅子から立ち上がり――相当無理していることに高梨は勿論《もちろん》気づいていたけれど――高梨に向かって笑いかける。

嘘《うそ》泣きをされたあと、仕返し、というわけではないが、高梨は田宮を焦《じ》らしに焦らした挙句、最後は悲鳴を上げるまで彼の身体をせめ苛《さいな》んだ。ここのところずっと、まさにフィニッシュ、という瞬間に邪魔《じゃま》が入り続けていたその鬱憤《うっぷん》を、一気に晴らしたいという気持ちもあったが、日増しに腕の中で、田宮の肢体が高梨の想像を超えるほどに艶《つや》めいてきていることに微《かす》かな戸惑いを感じていた、その思いを振り払おうとした結果でもあった。

田宮はきっと意識しているわけではないのだろう。が、彼の瞳の輝きに、身体の動きのひとつひとつに、高梨はおさえらないほどの昂《たか》まりを感じ、無意識のその媚態《びたい》を自分の中に封じ込めてしまいたくなる。

凄《すさ》まじいほどに胸に滾《たぎ》る彼への独占欲――彼と想いが通じあえば通じあうほど、身体を重ねれば重ねるほどに、日増しに抑えられなくなる彼へのこの独占欲を、田宮が知ったら一体どう思うだろう。

いつものように『馬鹿じゃないか』と相当呆れるに違いない。自分の為に甲斐甲斐《かいがい》しくもコーヒーを淹《い》れてくれている彼の後ろ姿を眺め、高梨は自分の愚かさに一人自嘲の笑みを漏らした。

「なに、思い出し笑いなんかして」

やらしいなあ、と田宮が笑い、高梨の前に淹れたてのコーヒーを置いてくれる。

「……さんきゅ」

礼を言いながら手を伸ばし頬を捉《とら》えると、田宮は高梨へと屈《かが》み込んできて、唇を軽く重ねてくれた。

無意識に誘うその仕草——いや、これは意識しているんだろうか——高梨は思わずそんな田宮の背を抱き締め、自分の膝《ひざ》の上に田宮を座らせると、貪《むさぼ》るようにその口内を侵してゆく。

「……もう……っ」

田宮は高梨の腕の中で抗《あらが》い、唇を離すと、潤んだ瞳で問い返してきた。

「時間じゃないのか？」

「……ああ、ほんまや」

高梨は大きく溜め息をつくと、名残《なごり》惜しそうに田宮の唇に軽くキスをしてから身体を離し、立ち上がった。そして、

「あかん、折角ごろちゃんが淹れてくれはったのに」

慌ててコーヒーを口に含んだはいいが、

「あちち」

と顔を顰《しか》め、コーヒーを噴き出しかける。

「……そんな無理せんかて」

うそくさい関西弁を使い、可笑《おか》しそうに笑う田宮に高梨は、

「もう……ほんまになんで今日はそんなに意地悪なん？」

カップをテーブルに下ろすと、口を尖《とが》らせ、再び彼を抱き締めた。

「お詫《わ》びに……明後日《あさって》休みだから、もし捜査が長引くようなら、また差し入れ持っていくよ」

田宮は少し怒ったような顔をして囁くと、ぎゅっと彼の背を抱き締め返した。照れ屋の田宮は、すぐ怒ったような顔になる。

「……その前に事件が解決してると尚ええんやけどね」

高梨はそう苦笑すると、

「ごろちゃんの差し入れ、楽しみにしとるわ」

彼の背を一段と強い力で抱き締め身体を離した。そろそろ支度をしなければならない時間が迫ってきていたからである。

四谷三丁目の駅近くで、二十二歳の一人暮らしのＯＬが、自室で乱暴された挙句殺されるという強盗殺人事件が起こった。当初流しの犯行かと思われていたのだが、その特徴的な様相が、最近大阪で頻発している若い女性の強姦強盗殺人事件と酷似していることがわかり、急遽大阪と合同捜査本部が持たれる方向へと話が進んでいった。

手始めに、というわけではないだろうが、大阪府警から事件を担当した刑事が明後日訪ねてくるという。迅速な捜査を、と東京側は大阪へと申し入れたが、こちらはこちらで手一杯、とつれない返答を受け、今更ながらに東阪の確執を見せ付けられた高梨は、そんな馬鹿げた組織の体質に舌打ちせずにはいられなかった。

大阪側は東京のこの事件を、同一犯とは思っていないらしい。が、大阪で既に三件起こっている同様の事件の詳細はマスコミには報じられていない為、同一犯の犯行であるという可能性はかなりの確率であり得べし、と高梨は思っていた。

事件の特徴というのは、一人暮らしのＯＬが狙《ねら》われているということ以外に、高価と思われるアクセサリー類は手付かずの上に、財布の中からしか現金を抜き取っていないということ――簞笥《たんす》を探れば財布の中身よりもはるかに多い金額が入っていたにも拘《かかわ》らず、だ――、被害者が絞殺されているということ、強姦されたのは被害者が死亡した後らしい、ということ、被害者が全裸にされていた、ということ、強姦されたはずであるのに、膣内からは勿論、周辺から一切犯人の痕跡が――体毛の一本、精液の一滴すら発見できなかったということ、そして――最も顕著な共通点は、被害者は口に薔薇《ばら》の花を一輪咥えさせられていたということである。

大阪での事件は、薔薇だけではなかったらしい。が、そんな悪ふざけからもわかるとおり、犯人の目的は金などではなく被害者を殺した上で暴行し、辱めることだと思われ、犯人像すら浮かんでいない状態ではあったが、まだ見えぬ犯人に対する怒りを高梨は抑えることが出来なかった。

大阪で頻発していた事件が何故、今、四谷で起こったというのか、疑問は尽きない。が、人の命を軽んじるこの手の犯人を高梨は何より憎んでいた。再び捜査責任者となった彼はなんとしてでも犯人を追い詰めるべく、これから再び本部へと戻るところなのであった。

しばらくは帰れなくなるかもしれない、という思いから、激しく田宮を求めてしまったことに若干の後ろめたさを感じながらも、そんな彼との束の間の逢瀬《おうせ》に英気が養われるような気がするのも正直な気持ちだった。

「……ごろちゃん、ほんま、ありがとね」

支度を終え、玄関で靴を履いたあとに、あらゆる意味を込めて高梨は彼を振り向き、「いってらっしゃいのちゅう」を受け止める。

「気をつけて」

やはり怒ったような顔をし、自分へと唇を寄せてくる田宮を高梨は最後にぎゅっと抱き締めると、

「それじゃ、いってきます」

惚《ほ》れ惚れするような笑顔を残し、家をあとにしたのだった。

2

捜査本部が設けられて以来、現場近辺の聞き込みでもこれといった収穫を得ることが出来ず、唯一残された痕跡である被害者が咥えさせられていた薔薇の花の出所も杳《よう》として知れないまま二日が過ぎた。

怨恨では、と被害者の周辺を調べ抜いたが、家族は勿論のこと、友人、知人も皆口をそろえて「殺されるような覚えはない」と言うばかりで、誰に恨みを買うようなこともなく、特にストーカーに狙われていたとか、嫌がらせをうけていたとか、その手の話も全く彼女の周りからは出てこなかった。

「やっぱりアレですかね。大阪の事件の飛び火とか？」

連日の聞き込みに疲れ果てた顔で竹中が高梨を見る。

「……同一犯かはわからんけどな。だが口に花、咥えさすなんて悪趣味な真似《まね》、そないに考えつかんと思うんやけどなあ」

負けじと疲れた顔をした高梨が、ぼりぼりと頭を掻《か》き毟《むし》った。

「大阪、いつ来るんだって？」

金岡《かなおか》課長が横からカレンダーを眺めつつ、口をはさんでくる。

「ああ、今日ですわ。そろそろ着くんちゃうかなあ」

答えながら高梨は、昨日電話をくれた馴染《なじ》みのある藤本の、申し訳なさそうな声を思い出していた。

『えろうすんません。ほんま、ええかげんにしてほしいわ』

ここまで出発が遅れた挙句、府警は二人寄越すはずだった応援を昨日になって若手一人に絞ってきたのだという。藤本は自分が東京へと行かれなくなったと、わざわざ高梨へと詫びの電話を入れてきたのだった。

『まあ、しゃあないですわ』

高梨が苦笑すると、藤本は益々《ますます》恐縮し、『ほんま申し訳ないです』と受話器のこちらからでも、深々と頭を下げているのがわかる様子で重ねて高梨に詫びたあと、まあまあ、と逆に恐縮してみせた高梨に、

『で、明日お邪魔しますのはな』

と一人上京することになった若い刑事のことを頼んできたのである。

小池、と聞いて高梨はすぐに顔を思い出した。彼と最後に会ったのは半年以上前、大阪で田宮が任意で府警にひっぱられた際、取調室で顔を合わせて以来になる。

彼が前々から「やりすぎだ」と陰口を叩かれているという噂《うわさ》は、高梨の耳にも入っていた。

確かに田宮を締め上げていた小池の凶悪にすら見える顔は、「やりすぎ」の感が否めなかったとは思うが、あの程度ならそれこそ人の口に上るほどでもないと思う。そう藤本に言うと、

『……まあねえ』

藤本は苦笑したあと、『なんちゅーか、人付き合いが下手《へた》なんですわ』とまるで自分の身内を庇《かば》うような口調で小池のことを話しはじめた。

『勿論、間違《まちご》うとることはしてへんのやけどね、コミュニケーションっちゅうか、そういう人との関わり合いが苦手みたいでしてな、課長もそれがわかっとって、小池一人で東京行かせるっちゅうんがもう、ほんまにええ根性しとるっちゅうかねえ』

ここで藤本は、話がまた愚痴《ぐち》へと発展しそうになったのに気づいて、あかんあかん、と一人笑うと、

『まあ、本人勘もええしやる気もある、大阪での事件は大概のことは頭に叩き込んで送り出しますさかい、宜しゅうお願い致しますわ』

また受話器の向こうで頭を下げる気配を感じさせつつ、電話を切った。

藤本の面倒見のよさは高梨も知っていたが、小池に対してはまた格別の気遣いをしているような気がする、とあの若い刑事の顔を思い出し、何かあるのかな、と高梨は首を捻《ひね》った。

余程小池が扱いづらい男なのか、それとも単なる藤本の『親馬鹿』か――どちらにしろ、大阪の情報は今、喉《のど》から手が出るほどに欲しいものだった。

四谷署の刑事は昨日で一旦帰らせてある。最初は『所轄の意地』を見せたいのがありありとしていた彼らのことをなんとか掌握するのに、この二日を費やした。捜査は互いの協力関係がなくては進むものも進まない。ただでさえ仲の良くない東阪だが、またここで所謂「問題児」を大阪が送り込んできたという噂は金岡課長の耳に入っているようで、一人息巻く彼を押さえるのにも高梨は苦労していた。

最初から悪印象をもたれているところに来れば、小池は益々頑《かたく》なになってしまうだろう。なんとか四谷と大阪との連携で早期の犯人逮捕に結びつけばよいが、と高梨が溜め息をついたそのときである。

「警視、来ました。来ましたよう」

弾んだ山田《やまだ》の声が廊下の方から響いてきて、高梨は我に返った。

「なんや、早かったな」

新幹線の到着時間までまだ少しあるように思う。てっきり小池の到着を知らせたのだとばかり思って、よいしょ、と立ち上がった高梨の目の前に現れたのは、

「早かったか？」

怪訝《けげん》そうに眉《まゆ》を顰《ひそ》めてみせた、高梨が誰より愛《いと》しく想う男——田宮だった。

「ごろちゃん！」

面倒な悩みも連日の疲れも、憂鬱《ゆううつ》なもの一切が吹き飛ぶ勢いで高梨は立ち上がると、入口

近くに立っていた田宮へと駆け寄ってゆく。

「あ、こんにちは」

「どもども。お久し振りです」

皆が口々に田宮に声をかけるのに、田宮はいちいちその方を向いて「どうも」と軽く頭を下げていたが、照れ臭いのか白皙《はくせき》の頰には血が上っていた。

「ほんま、わざわざごめんな」

謝りながら高梨は、田宮の手から紙袋を受け取ろうと手を伸ばした。

「なんや、随分今日は大荷物やねえ」

中に入っているのは頼んでおいた着替えと、そして一昨日《おととい》の夜約束してくれた差し入れだろうかと思いつつ尋ねた彼に、

「ああ、さっき納《おさめ》さんのところに寄ってきたから」

田宮は答えると袋の中身を確認し、片方を高梨へと差し出してきた。

「りょう……高梨さんのはこっちだ」

「……サメちゃんか」

高梨がちょっと複雑な顔で、差し出された袋を受け取る。

「元気そうだったよ。まだ足は痛そうだったけど……」

周囲の視線が自分に集まっているのを感じるのだろう、自然と田宮の声が小さくなる。

「ああ、まさかごろちゃんがサメちゃんのパンツを洗う日が来るなんてなあ」

深々と溜め息をつく高梨の後ろで「なんですって？」と大きな声を上げたのは竹中だった。

「なになに？　なんでごろちゃんが納さんのパンツを洗うんです？」

山田も勢い込んで高梨の方へと突進してくる。

「な……っ」

いきなりの騒ぎに驚いて田宮が目を見開くその前で、

「なんやお前ら、久々の二人の会話に勝手に入らんといてや」

高梨は、しっしっと彼らを片手で払う真似をした。

「えろう冷たいおまんなあ」

嘘くさすぎる竹中の関西弁に、田宮も高梨も思わず噴き出す。どっと周りがつられたように笑ったあと、おもむろに田宮が「あの……」と少し大きな声を出し、周囲をざっと見回した。

「なに？」

高梨が田宮の顔を覗き込む後ろで、課長をはじめ室内にいた皆が彼の方を見る。

「あの……差し入れ作ってきましたので、宜しかったら皆さんで……」

田宮は顔を赤らめながらそう言うと、「なに？」と大きな声を上げた高梨から紙袋を取り上げ、中からかなり大きなタッパーを取り出した。

「えええ？」

竹中が猛ダッシュでタッパー目掛けて走ってくるのを、高梨は後ろを振り返りもせずに手で制すると、

「ごろちゃん、これ……？」

今度は彼が田宮からタッパーを取り上げ、包みを解《ほど》いて蓋《ふた》を開いた。そこにならんでいたのはざっと数えて三十はある稲荷寿司で、おお、という歓声が室内に沸き起こった。

「お稲荷さんだあ」

竹中がはしゃいだ声を上げ、

「こないださんざん見せびらかされたんですよねえ。ああ、嬉しいなあ」

山田もにこにこ笑いながら田宮の方へと近づいてきた。

「ごろちゃん……」

高梨が複雑な顔で田宮を見下ろすのに、

「……ごめん、余計なこと……だったかな」

田宮は大きな目を一旦伏せたあと、心配そうにまた高梨を見上げた。

「ううん、全然。余計なことちゃうんよ、みんなえらい喜んどるやないの」

高梨は苦笑するように笑うと「ほら」とタッパーをすぐ後ろに控えていた竹中へと手渡し、
周囲に向かい大きな声を張り上げた。

「ほんまもう、心して食えよ？　ごろちゃんの稲荷寿司や。そんじょそこらの出来合いのモンとはちゃうで？」

「やめろよ」

顔を赤らめた田宮に、高梨がにこ、と笑いかける間にも、わらわらと刑事たちが、稲荷寿司のタッパーを渡された竹中の周囲に集まってきた。

「ごちそうさまです！」

「本当にありがとうございます！」

「大変やったろ？　あないぎょうさん作るの……」

皆が稲荷寿司に群がっている隙に、高梨が田宮の顔を覗き込む。

「いや、今日、休みだったから……」

田宮は小さな声で答えたあと、高梨をじっと見上げ、先ほどと同じ問いを繰り返した。

「……出すぎたこと、しちゃったかな？」

「全然。なんでそんなこと聞くの？」

高梨が驚いて問い返すのに、

「……いや……」

田宮は口籠《くちご》もり、ならいいんだけど、とまた目を伏せる。頬に落ちる睫《まつげ》の影が微かに震えるさまにどきりとしつつも高梨は「ちゃうんよ」と田宮の肩を叩いた。

「え？」

田宮が驚いたように顔を上げ、照れて笑う高梨を見上げた。

「ごろちゃんが気にしとるんは、多分、さっき僕が変な顔したからやないの？」

「……変な顔はいつもじゃないか」

いつものように突っ込みで返してきた田宮の頭を高梨ははたく真似をすると、また、

「ちゃうんよ」

と笑ってみせる。

「何が違うんだよ？」

「ごろちゃんの差し入れ……ほんまは独り占めしたかってん。それを『皆さんで』なんて言うさかい、ちょっとやきもち妬《や》いてもうたんよ」

高梨はそう、田宮の耳もとで囁くと、「ごめんな」と彼の耳朶《みみたぶ》に軽くキスをした。

「良平……」

田宮が赤い顔をして俯く。あまりに可愛い素振りをみせる彼を、高梨は堪《たま》らず抱き締めようとしたのだが、

「あの、警視、お先に頂いてしまって宜しいでしょうか」

「ラブシーンなら出来れば廊下でしていただいたほうが……」

いつの間にか彼らに注目していた刑事たちが声をかけてきたのに、二人ははっと我に返っ

た。

「お前らなあ」

高梨が刑事たちへと歩み寄り、竹中の手から稲荷寿司のタッパーを取り上げたその後ろで、田宮は益々顔を赤らめると、

「それじゃ、どうも失礼します」

ぺこりと頭を下げ、足早に部屋を出ていってしまった。

「あ、ごろちゃん」

慌てて高梨は再び稲荷寿司を竹中の手に戻し、「全部食うたらあかんよ」と彼を睨んだあとに田宮を追って部屋を駆け出してゆく。

「旨い！」

高梨の姿が見えなくなった途端、竹中が稲荷寿司を一つ口へと放り込むと、感嘆の声を上げた。

「あ、狡《ずる》い！」

山田も横から手を出してお稲荷さんを摑み取る。

「ほら、全部食うなって」

次々と伸びてくる手を避け、竹中はタッパーを持ったまま入口へと走ってゆくと、まだ廊下にいた田宮に向かって叫んだ。

「ごろちゃん、ご馳走さまです！」

「めちゃめちゃ美味しいですよぅ」

横から山田も声を張り上げ、皆が田宮に向かって手を振る。

赤い顔をして頭を下げた田宮の傍《そば》に、見慣れぬ男が佇《たたず》んでいることに竹中は気づいた。もしや間もなく来るという大阪府警の刑事ではないかと思いながら近づいてゆき、

「えーと？」

と男に声をかける。

「大阪府警の小池です」

愛想のない声でそう頭を下げた男に、ああ、と竹中が頷く横では、山田が明るい声で叫んでいた。

「また作ってきてくださいねえ」

「お前ら、全部食うたらあかんよ！」

怒鳴る高梨警視と、その横で赤い顔をしている田宮、それにわいわいと騒ぐ自分たちを、啞然として見つめていたその「小池刑事」に竹中は、持っていた稲荷寿司入りのタッパーを差し出した。

「宜しかったらどうぞ。遠い処、ご苦労さまです」

「はあ……」

小池は戸惑ったような顔をして、稲荷寿司と竹中と、そして振り返って高梨と田宮をかわるがわるに眺めている。驚かせてしまったかな、と竹中は心の中で肩を竦めつつ、そういやまだ名乗ってもなかったたと思い出した。

「あ、竹中といいます。ほんと、これ美味しいですよ。どうぞどうぞ」

小池は眉を顰めながらも稲荷寿司を一つつまんで口に入れたあと、驚いたような顔になりまた田宮を見やる。よっぽど旨かったんだろう、と竹中は、小池の顔を見て、つい笑いそうになった。

「早う部屋に戻らんかい」

高梨がまた皆を廊下から追い払おうと、しっしっと手を振っている。

「またまたあ、キスでもしようっていうんじゃないでしょうねえ」

竹中はいつもの癖で、そう叫んでしまったのだが、途端に傍《かたわ》らで小池がう、と喉に何かが詰まったような声をあげたのが聞こえ、しまった、悪のりしすぎたかと首を竦めた。

「わかっとるんなら、はよ戻らんかい」

悪乗り度合いでは負けない高梨が笑って答え、皆に見せびらかすように田宮の肩を抱き寄せる。

「馬鹿じゃないか」

悪乗りからは程遠い、真面目《まじめ》な田宮は呆れた声を上げ、高梨を突き飛ばすと、

「それじゃ、失礼します」

皆に頭を下げ、くるりと踵を返して廊下を走り去っていった。

「ごろちゃん、ありがとね」

その背中に高梨は一段と大きな声で叫んだあと、竹中たちの方を振り返った。

「さ、大阪から小池さんも来てくれはったことやし、一休みしたら会議、はじめるで」

乱れ落ちる前髪をかき上げ、周囲を見回しそう笑う彼に、

「警視、まだ召し上がってなかったですよね」

慌てて竹中がタッパーを手に駆け寄っていった。

「ほんまやで？　こんなにぎょうさん食いよってからに」

高梨はふざけて竹中を睨むと、タッパーから稲荷寿司を一つとりあげ、本当に旨そうな顔で食べ始める。

「ああ、茶が怖いな」

と言う高梨に、

「わかってまんがな」

嘘くさい関西弁で田中《たなか》が答え、皆が笑いながら一課の部屋へと戻って行く。

「小池さん、ほんま遠いところお疲れ様です」

高梨がタッパーを抱えながら小池に笑いかけ、さ、こちらへ、と目で彼を室内へと促した。

相変わらず戸惑った顔をしていた小池もあとについて部屋へと入り、全員が揃《そろ》ったところで田中が山田に淹れさせた茶が配られ、暫《しば》しの歓談タイムとなる。

「噂のごろちゃんの稲荷寿司、本当に美味しいですねえ」

しみじみと竹中が言いながら、もうひとつ、とタッパーに手を伸ばすのを、高梨がわざとらしく睨み付けた。

「食うた分だけ働けよ？」

「僕なんかまだ二つ目ですよ」

竹中が慌てたように言い返し、小池を見る。

「小池さんだって二つ食べたの、僕はちゃんと見てますよ」

「せやかてあんたが食えって……」

急に話を振られ、慌てて立ち上がった小池に、

「冗談やて」

と高梨は笑うと、竹中をこら、と軽く睨み、皆がまた笑った。

「……さて。腹も膨れたことやし、小池さんも来てくれはったことやし、そろそろ始めよか」

カタン、と高梨がテーブルに湯飲みを置いて立ち上がった途端、室内に緊張が走った。小池が唖然として見守る中、刑事達は不意に真面目な顔に戻ると、それぞれに湯飲みをテーブ

ルへと下ろし高梨に続いて部屋を出てゆく。

「こちらです」

竹中に声をかけられ、小池もまた皆のあとについて第二会議室へと向かった。

『四谷ＯＬ強盗殺人事件』と入口に大きく書かれた室内に入ると、ホワイトボードに被害者らしき女性の顔写真と、現場の写真、当日の彼女の足取りなどが几帳面《きちょうめん》な字で書かれていた。二十二歳というＯＬはなかなか綺麗《きれい》な顔をしている。それも大阪の事件と一緒だな、と思いながら小池は一番後ろの席に腰を下ろし、前方に立つ高梨を見やった。

「それじゃ、事件のあらましを簡単に説明させて頂きます」

高梨がよく通る声で三日前に起こった殺人事件の説明をはじめた。

「事件発見から遡《さかのぼ》っていきます。第一発見者は隣の部屋のやはり一人暮らしのホステスです。深夜四時、帰宅したときに隣の部屋の――被害者の部屋のドアが薄く開いていたのを訝《いぶか》って覗いてみたところ、ベッドの上で全裸で倒れている彼女を発見、その場で一一〇番通報をしました。死亡推定時刻は午前一時から二時、死後硬直が始まって間もなくだったそうです。被害者が帰宅した時間は絞り込めていませんが、少なくとも会社は前日午後七時には出ています。そのまま真っ直ぐ帰宅したとするのなら、アパートには八時前には到着しているはずですが目撃情報はなかなか集まらず、まだ会社を出てからの彼女の足取りはつかめていません。又、犯人が如何《いか》にして被害者宅に侵入したのかをはじめ、犯行の手順は一切不明です。

凶器は被害者宅にあったスカーフで、首を絞めて殺されたあとに全裸にされ、乱暴された形跡はありますが、膣内をはじめ肌にも周辺にも精液は勿論、体毛の一本も残されていません。口には黄色い薔薇の花が一輪、突っ込まれていましたが、薔薇の出所も今のところ特定できていません。犯行後――犯行前かはわかりませんが――犯人は被害者のハンドバッグの中の財布から、札だけを抜き取り逃走したようですが、それらしき目撃談も誰からも得られていない、情けないことですがまさにないないづくし、というのが現在の捜査状況です」

ざっと説明を終えると高梨はホワイトボードに貼られた被害者の写真を示した。

「被害者の名前は加藤美佐子《かとうみさこ》。出身は群馬――前橋です。ご両親と弟さんが前橋の実家に住んでいます。東京へは十八のとき、短大入学とともに出てきました。今のアパートに住んだのは二年前、短大を卒業し、益田《ますだ》製紙という今の会社に勤めはじめてからです。恋人は都内在住の会社員、友永《ともなが》という男ですが、交際は順調で結婚も考えていたとのことでした。念のためアリバイを調べましたが当日彼は東北の方に出張に出ています。この友永以外の男性関係は被害者にはないということになっており、それらしい影も出てきていません。一応こんなところなんですが、何かご質問はありますか？」

理路整然とした高梨の説明に小池はつい聞き惚れてしまっていたのだが、高梨が「ん？」と軽く小首を傾げてきたのに慌てて立ち上がり、口を開いた。

「事件当夜の現場近辺の様子は……現場を立ち去る犯人と思しき人影など、なにか聞き込みでひっかかったネタはありますか？」

　立て板に水のごとき高梨の説明に感心したあまり、満足にメモひとつとれてない手帳を見ながら苦し紛《まぎ》れの質問を発した彼に、高梨は悪意のない笑みを向けると、

「今のところ周辺の聞き込みを続けてはいますが、犯行時刻近辺の証言は何も得られていません。あのあたりは夜中になると人通りが途絶えるそうで、同じアパートの住人も第一発見者のホステス以外、皆、家で寝ていたと言っているそうです。被害者の上に住んでいる学生も、あの日階下の被害者が何時頃帰ってきた、とか、何時頃なら家にいた、という証言は出来ないとのことで……まあ、集合住宅なんてそういうものかもしれませんがね、同じアパートに住んでいながらにして、顔も知らなかったそうです。被害者の部屋の電気がついていたかどうかもはっきりと思い出せないという話で」

　思いつきでしかない小池の質問に、丁寧《ていねい》に答えてくれたあと、逆に「どうです？」と問い掛けてきた。

「え？」

　何が『どうです』なのだと、小池が眉を顰め、高梨を見返す。

「大阪の事件と色々共通点があるんやないかと思うんですが」

　高梨はそう言い、小池の顔をじっと見据えた。

「………」

小池は一瞬言葉に詰まって高梨の顔とホワイトボードをかわるがわるに見やった。

確かに事件そのものは似ている。被害者の住居も、大阪の事件は三件とも、この四谷のアパートのような互いに無関心な者達が集まった集合住宅であったし、被害者のＯＬたちもどちらかというと身持ちが固く、殺されるような動機を持っているという話は出てきたことがなかった。殺害方法も、そのあと乱暴されたという事実も、潔癖なくらいに痕跡を何も残していないという犯人の手口も、そして何より口に花を咥えさせるという悪趣味な仕業《しわざ》も、全てが大阪で起こった事件と合致しているのだが、ここで自分の手の内を見せてしまってもいいのか、と無意識に防御本能が働いてしまったのである。

小池とて、東阪の確執は勿論馬鹿馬鹿しいものだと思ってはいるのであるが、実際、この場に直面してみると自分の情報を開示することで手柄を東京に持っていかれてしまうのではないか、という思いが胸に芽生えてしまい、その思いが彼の口を鈍らせたのだった。

小池の心情を読んだかのように、室内に一瞬険悪な空気が流れる。敏感にそれを察した小池が周囲に挑むような目を向けたそのとき、

「ま、話だけやわからんわな」

唐突に響いた高梨の苦笑が、緊迫したその雰囲気を破った。

「警視」

咎《とが》めるような田中の呼びかけを無視し、高梨は小池へと近づいてくると、

「これから現場、見に行きましょう。話はまたそのあとで」

そう言い、座っている小池を見下ろしてにっと笑った。

「現場？」

小池は戸惑い、高梨を見上げる。大阪で小池は課長から『現場が見せて貰《もら》えれば御の字だ』と言われてきたところだったからである。大阪側の情報を与えようとしない自分に、高梨は何を思ってそんな申し出を——と頭を巡らせようとする小池の後ろで、竹中が心配そうな声を上げた。

「いいんですか？　四谷署がまた煩《うるさ》く言ってきますよ？」

「まあええやないか、竹中、一緒に来てくれ」

高梨はたいしたことない、とでも言いたげに笑ってみせると、さあ、と小池の肩へと手を乗せ、「ちょっと行ってくるわ」と室内を振り返った。

「じゃ、行きますか」

やや複雑な顔をしながらも竹中はそう小池に声をかけ、小池は無言で頷いたあと彼らに続いて部屋を出る。先に廊下に出ていた高梨は誰かに電話をしているようだった。

「硬いこと言わんといてくださいよ」

あはは、と笑い、それじゃあよろしく、と頭を下げている相手は四谷署の刑事だろうか、と小池は思いながら高梨の姿を見ていた。

「じゃ、またあとで」

電話を切り、お待たせ、と笑いかけた高梨の目の下にうっすらと隈が浮いているのに小池は気づいた。犯人逮捕に向け必死になっている彼の前では何だか自分の縄張り意識が酷《ひど》く恥ずかしいもののように思え、小池は思わず自分に向かって微笑《ほほえ》みかけてきた高梨から目を逸らせてしまった。彼の仕草をどう取ったのか、高梨が申し訳なさそうに声をかけてくる。

「ああ、お疲れのところ、色々引っ張りまわしてしもうて……」

「とんでもないです」

小池は恐縮したあまり慌てて顔を上げてそう言うと、思わず「すみません」と彼に向かって頭を下げてしまった。

「……なんやの」

笑いながら高梨が小池の背中を叩く。

「四谷署、なんですって？」

竹中がそう聞いてくるのに高梨は、心配せんかてええよ、と笑うと、

「じゃ、行きますか」

もう一度小池の背を叩き、二人の先に立って廊下を歩き始めた。

3

竹中が運転している覆面パトカーの中で、小池はどうにも気になって仕方がないことを高梨に問いかけていいものかと迷っていた。

『ごろちゃん』――皆が愛称で呼ぶくらいに馴染んでいる田宮と高梨は一体どういう関係なのだろうと、彼はそれが気になっていたのである。

半年前、小池が彼の同僚の女性を強姦殺人したという容疑で任意とは名ばかりの『取り調べ』をしたときの田宮と、先ほどの彼とは随分雰囲気が変わったように見えた。

初対面の田宮は顔色も悪く険のある様相をしており、その顔を見た瞬間、小池の刑事の勘が奴は怪しいと囁いたのだった。その上、実際話を聞いてみると自分も事件と同じ時刻に別の公園で強姦されたのだなどとふざけたことを言い出す始末で、益々小池は彼への疑いを深めたのだったが、結局犯人は田宮の同僚の友人だったらしい。

ということは、公園で強姦されたというあの信じがたい彼の話も嘘ではなかったということなのだろう。男が男に強姦される――馬鹿な、とあのとき彼を怒鳴りつけた小池だったが、今日擦れ違った田宮にはなんというか、思わず振り返ってその姿を追ってしまうほどの色香が漂っているように見え、男に襲われたというのも満更ない話ではないだろう、などと半年を経た今になって彼は変に納得してしまっていた。

特に高梨の傍らに立ち、彼を見上げている大きな瞳には、そこに映っているのは自分ではないというのにもかかわらず、揺らぐ眼差《まなざ》しに惹《ひ》き込まれそうな妙な光があった。などと小池は今更のように思い出し——あのときは驚きの方が勝ってしまって、そんな感慨にとらわれる暇などなかったのだ——ふと自分は何を考えているんだろうと気づいて、込み上げる溜め息を押し殺すと、助手席に座る高梨の後頭部を見やった。

高梨と田宮は、周囲が冷やかすような、所謂そういった関係なのだろうか。個人の嗜好《しこう》をとやかく言うつもりはないが、あの高梨警視にその手の趣味があるなどということは考えたこともなく、正直かなりのショックを覚えずにはいられなかった。

田宮とはあの事件をきっかけにして関係を結ぶようになったのだろうか——聞くに聞けないこの疑問を胸に小池がただただ高梨の後頭部を睨み、再び込み上げてきた溜め息を呑み込んだそのとき、

「ああ、そろそろ着きますわ。丸ノ内線の四谷三丁目駅から歩いて十分くらいの便利な場所なんやけど、住宅街で深夜は殆ど人通りがないそうですわ」

高梨が半身だけ振り返り、そう声をかけてきた。

「そうですか……」

我に返った小池が、慌てて車窓へと目を向ける。一体自分は何を考えているんだろう。今はまず、大阪を騒がしている事件へと意識を向けなければと小池は頭を振って気持ちを切り替えると、真剣に外の風景を眺め始めた。

「ここです。もう現場検証も済んでますんでそのままどうぞ」

アパートの前で車を降りると、小池は高梨に連れられ一階の角部屋へと向かった。駐車していた竹中が二人を追い越し、持っていた鍵《かぎ》でドアを開けてくれる。

「ほぼ現場はそのままになってます。ガイシャが倒れていたのは正面のあのベッド、全裸でずり落ちそうになっていたらしいです。結構綺麗に整理整頓しとる子やったみたいで、高価なアクセサリーも、通帳も、あのベッドの脇《わき》の箪笥の一番上の引き出しに入れとったんですが、物色した様子はなしです。犯人はガイシャのハンドバッグの中の財布から札だけを抜き取っただけであとは遺体周辺の痕跡消しに精を出しとったみたいですわ」

高梨が先に立って部屋へと入ると、小池を時折振り返り、説明していった。指紋採取の白い粉が所々に撒《ま》かれていたが、それらしい指紋はひとつも出ず、拭えるところは全て犯人が拭っていったようだ、と高梨は肩を竦めた。

「ほんま、マメっちゅうかなんちゅうか、病的なくらいに神経質なヤツですわ」

「……大阪でもそうでした」

ぼそ、と小池が呟くようにして答えた声に、竹中が驚いた顔になり彼を見る。彼の反応を

見て小池は一瞬口をへの字に曲げたが、

「へえ」

世間話でも聞くかのような調子で相槌《あいづち》を打ってきた高梨へと視線を向けると、ぽつぽつと大阪の事件のあらましを話し始めた。

「大阪で今まで三件起こっている同様の事件の現場もこんな感じでした。整理整頓され、掃除もマメにしてるような部屋で被害者は全裸で殺されており、周辺はそれこそ塵《ちり》ひとつ出ないくらいに犯人は徹底してあらゆる痕跡を消していました。財布の金以外に手をつけてないのも一緒なら、指紋が殆ど全て拭われているのも一緒です。口に花を咥えさせられていたのも勿論一緒で……最初が白い薔薇、次が赤い薔薇、三人目はカーネーションでしたが、どの花の出所も知れませんでした。買ってから二、三日経《た》っているような花でしたから、どこぞから拾ってきたのかもしれん、という意見も出たんですが……」

言いながら小池は、他に共通点はないかというように現場をぐるりと見回し言葉を続けた。

「そう、現場は全てこの部屋と同じフローリングの床でした。毛髪は勿論、着衣の繊維すら残していないくらい、それこそぴかぴかになるくらい床を拭ってましたからね。潔癖症にしてもあまりに病的じゃあないかと、実は病院の精神科に話を聞きに行ったこともありました」

糸は繋《つな》がりませんでしたけどね、と小池は溜め息をつき——高梨と竹中が自分の話に聞き入っていたことに改めて気づいて、何となくバツが悪くなり口を閉ざした。

「……精神科……せやね」

高梨は頷くと、小池へと歩み寄り、彼の肩をぽんと叩いて、にこ、と笑ってみせた。小池は益々バツの悪そうな顔で——単に照れ臭かっただけなのだが——またも口をへの字に曲げると、

「徒労だったんですよ」

ぶすりと答え、顔を伏せた。

「竹中、四谷署に招集かけてくれ。帰ったら捜査会議や」

高梨が竹中の方を振り返る。

「了解しました」

竹中は明るい顔で頷くと、元気よく部屋を飛び出していった。

「……ほかに見たいところはありますか？」

高梨はぽん、とまた小池の肩を叩くと彼から離れ、部屋の中を歩き回りながら小池を振り返った。

「……風呂場を」

大阪の現場では、犯人は風呂場に入った形跡はなかった。念には念を入れろという意味なのか、遺留品となりそうなものは塵ひとつ残さず持ち帰っているようで、キッチンや風呂場

の水道を使って何かを洗い流した形跡は残されていなかったのだが、と言うと、高梨は、こっちです、と彼を導きながら、

「ここもそうでした。風呂場からはガイシャの指紋、体毛しか出てこなかったようです。水を流した形跡はなし、床がぴかぴかやったから、風呂場が一番汚れてたくらいやったらしいですわ」

ユニットバスの戸を開き、小池を中へ通そうと身体を退けた。

「……同一犯……でしょうか」

浴室の中をざっと見回したあと、小池が高梨を振り返る。

「……マスコミは抑えとるんですよね。ここまで犯行が酷似しているとなると、やはり同一犯か、若《も》しくは――」

高梨は腕組みしながら低く唸《うな》ったあと、苦々しい顔のまま、小池を見返した。

「……実はこの現場の様子、第一発見者から漏れとるらしいんですわ。口止めはしたらしいんやけどね」

「なんですって？」

小池が思わず大きな声を上げたのは、大阪でのその可能性を少しも考えていなかったからだった。言われてみればそれこそ人の口に戸は立てられぬの喩《たと》え通り、あれだけセンセーショナルな現場の光景を、第一発見者に黙っていろというほうが無理な話なのかもしれない。

小池はざっと頭の中で事件の第一発見者の顔を思い浮かべた。被害者の関係者が一人、管理人が一人、この東京の事件と同じく同じアパートの住人が一人——彼らの口から事件が漏れた可能性はないとは決して言い切れない。

「……最近ではインターネットの普及もあり、警察の捜査情報をわざわざ漏らすゆうサイトもあるみたいですからね」

小池の考えを読んだのか、高梨はそう低く言いながらも、

「ま、それはこれから調べていきましょう。多分同一犯のような気ぃはしますけどな」

と不意に明るい調子で笑うと、いきましょか、と小池の背を叩いた。

「同一犯……」

小池が低く呟き、高梨のあとに続いて部屋を出る。

「……単なる僕の勘やけどね」

高梨は振り返りざまに、にや、と照れたように笑うと、急ぎましょう、と竹中の待っている車へ向かって歩調を速めた。

四谷署の刑事も集められた捜査会議で、小池は最早躊躇《ちゅうちょ》することなく、大阪の捜査状況

を逐一漏らさず報告した。

「馬鹿馬鹿しい話なんやけど」

会議で出た、もしや咥えさせられた花に何か意味があるのでは、という話題にも触れ、

「花言葉まで調べたんやけど、白薔薇が『私はあなたにふさわしい』、赤薔薇が『熱烈な恋』、カーネーションが『愛を信じる』……なんじゃこりゃ、という話になりました」

そう言って周囲を笑わせた。

「因《ちな》みに今回の黄色い薔薇は『ジェラシー』」

田中が続けるのに、

「なんや、お前もチェックしとったんかいな」

高梨がまぜかえし、緊張した室内の空気が一瞬和らぐ。が、話題が大阪と東京で起こったこの事件が同一犯によるものかどうかに及ぶと、四谷署は「違う」と主張し、小池は「酷似しすぎている」と同一犯説を押す、といったふうに双方一歩も引かない状態となり、会議は膠着《こうちゃく》状態となった。

「確かに酷似はしている。が、それだけで同一犯と決め付けるのには無理があるんじゃないですか？」

四谷署の責任者、旭《あさひ》警部がそう腕組みするのに、

「花ひとつとってみても、あれだけ特異なことをする人間がごろごろいると思いますか？

全くの偶然、っちゅうほうが無理あると思いますが」

小池が言い返し、高梨が「まあまあ」と間に入った。

「大阪の犯行の様子が漏れたっちゅう可能性もないではない。しかし、これだけの犯行の合致は『偶然』とは考えられんでしょう。まず、大阪の被害者を洗い直しましょう。互いに共通項はないか、また、そのガイシャの誰かと今回の東京でのガイシャに繋がりはないか、本人だけじゃなくその周辺、それから第一発見者の近辺も。旭さんの方では、東京のガイシャの近辺をもう一度洗い直して大阪の事件を知り得るような環境にいたものはいないか、チェックお願いします。同一犯にしろ、そうでないにしろ、必ず事件には何らかの繋がりがあるはずです。その繋がりをまずは究明しましょう」

いいですね、と高梨がそれぞれの顔を見る。

「そうですな」

旭警部がまず頷き、

「大阪に連絡入れます」

小池がポケットから携帯を出した。

「たのみます」

目を細めて微笑む高梨に、旭警部はやれやれ、と苦笑し、「警視にはかないませんなあ」

と彼の腕の辺《あた》りを叩くと、

「酒井《さかい》、宮元《みやもと》とガイシャの友人関係あたってくれ。神田《かんだ》はガイシャの男……そう、友永のところに平井《ひらい》と向かえ。那須《なす》と志垣《しがき》は前橋。ご両親と高校までの友人に話をもう一度聞いてこい。徹底的にガイシャの身辺を洗い直す、いいな？」

部下の刑事たちに、その場で指示を与えはじめた。

「わかりました」

それぞれに飛び出してゆく刑事たちの後ろ姿を「頼みますわ」と見送っていた高梨だったが、

「なんやて？」

という小池の怒気を含んだ大きな声に、なにごとかとその方を見た。

「だから誰もそんなこと、ゆうとらんやないですか。……いまさらそないあほなこと……」

憤る小池の握っている携帯電話の向こうから、やはり怒り心頭といった調子で怒鳴り散らす男の声が漏れ聞こえてきていた。

『そない好き勝手なこと言われるためにお前を出張させたんちゃうで』

「好き勝手もなにも、事実やないですか」

携帯に向かってそう怒鳴り散らす小池の姿を、高梨をはじめ一課の刑事と、四谷署の旭警部が遠巻きに眺めている。と、高梨が小池のほうへと歩み寄り、なに、というように険悪な顔で彼を見やった小池に片手を差し出した。携帯を貸せ、といいたいらしい。

「いえ、ここは自分が」

小池が頑なに顔を背けようとするのを「まあまあ」と高梨は笑っていなすと、彼の手から携帯を取り上げた。

「もしもし」

うるさいくらいにわめいている電話の向こうに向かって明るい声を出す高梨に、通話の相手が代わったことにすぐ先方は気づいたようで、途端に声のトーンが下がる。

「高梨です。そのお声は……国松《くにまつ》課長ですね。ご無沙汰《ぶさた》しとります」

何事もなかったかのような穏やかな口調で簡単な挨拶を済ませたあと、高梨はざっと東京の事件の説明をし、

「お恥ずかしい話ですが東京でも第一発見者のホステスの口から現場の様子が周囲に漏れとるという話が出とります。今までずっと大阪で起こっとった事件がここにきて東京に飛び火したんは、同一犯の犯行やのか、はたまた普通には知られてへん事件の情報を知り得た他の人間の手によるものなんか——まずはそれを確かめたいんですわ。ご協力、お願いできませんやろか」

東京サイドの話を引き合いに出しつつ、あくまでも腰低くそう頼み、同時に東京の所轄の旭警部には、すみませんな、というように片手を上げてみせる。そんな彼の気配りぶりを、小池は半ば呆然としながら眺めていた。

携帯の向こうで課長は納得したようで、「助かりますわ」と笑顔になった高梨が加えて三、四追加指示を与えている。

「そしたら、よろしくお願いいたします」

高梨は携帯を握りながら深く頭を下げていたが、小池のほうへと目を向けると、

「ほな、かわりますね」

多分課長に『かわってくれ』とでも言われたんだろう、小池のほうに電話を差し出し、にこりと笑った。

「もしもし……」

つい不機嫌な声を出してしまった小池の耳に入ってきたのは、苛々とした課長の声だった。

『ほんま、けったくそ悪いわ。何のためにお前を東京くんだりまでいかせた思うとるんかいな。すっかりとりこまれよってからに』

「……なんのためって」

事件を解決するためだろう、と思わず怒鳴り返そうとした小池に向かって国松課長は、声にドスをきかせがなり立てた。

『もうええわ、とっとと大阪帰ってこんかい。もう余計なこと、喋《しゃべ》るんやないで？』

小池の中でぷつりと何かが切れる音がし、気づいたときには彼は電話に向かい、課長に負けない怒声を張り上げていた。

「あんた、あほちゃうか?」

周囲がぎょっとしたように自分の顔を見ている視線を感じながらも、小池は自分を抑えることができず、怒鳴り散らした。

「さっきから聞いとればなんや、メンツがメンツがばかり言いよってからに。メンツで犯人が捕まえられるんやったらとっくに捕まっとるわい。何が余計なことじゃ、ボケ。そないなこと言うとるさかい、オオサカモンはケツの穴が小さいてなことを言われるんじゃ」

「誰もそんなこと、言ってない……よな?」

ぼそ、と竹中が山田に囁く声が小池の耳に入り、彼の怒りを煽《あお》る。きっと二人を睨みつけた小池の耳元で、国松課長の怒声が電話越しに響いた。

「小池さん、ええ加減に……」

見かねた高梨が声をかけたが、

『つべこべ言わずに帰ってこんかい』

と課長に怒鳴られた小池は、思わず、

「誰が帰るかい」

そう怒鳴り返すと、勢いにまかせて電話を切ってしまった。

「小池さん……」

高梨が驚きも露《あら》わに声をかけてくるのに、

「ほんま……ええ加減にさらせよ」

小池は怒りの持って行き場を探すかのようにぎらぎらした目を周囲に向け、まわりを慄《おのの》かせた。と、高梨は再び彼に近づいていくと、少し困ったような顔で微笑み、肩をぽん、と叩いた。

「……あんましとんがらんようにな」

「……はあ」

途端にあれだけ煮えたぎっていた怒りが、小池の身体からすとんと抜け落ちる。

「ほんま、お恥ずかしいところをお見せしまして」

高梨に、そして己を取り囲む刑事たちに小池が頭を下げると、

「いや、頼もしかったよ」

決して嫌味じゃないよ、と四谷署の旭警部が笑い、小池の肩を叩いた。

「……すんません」

小池は不思議な感慨を胸に、旭警部を見返した。今までこの種の交流をしたことが——管轄の違う刑事同士として、というだけでなく、同じ課内の刑事同士でも——小池にはまるでなかったからである。

「いやあ、迫力ありましたよ」

にこにこしている竹中の顔も、普段であれば殴りつけたくなるくらい不快に感じるはずで

あるのに、「そんな」と彼に向かって笑っている自身に気づき、自分のことながらにして小池は愕然《がくぜん》としてしまっていた。

いつの間にか捜査本部に不思議な連帯感が生まれている。その発端は自分が大阪と『やらかしてしまった』ことにあるんだろうか、と小池はちらと考えたが、まあいいか、と心の中で溜め息をつくと、ここは心地よいような気恥ずかしいような雰囲気に浸ってみることにした。

と、そのとき、不意に手の中の携帯が鳴り出し、着信を見て慌てて小池は応対に出た。

「もしもし？」

『わしや』

電話をかけてきたのは藤本で、どうやら国松課長とやり合ったのを横で聞いていたらしかった。

『ほんまにお前は……』

苦笑してきた彼に、小池の中でまた憤りが甦る。

「せやかて」

『明日、帰って来るのは夜でええさかいな。その頃には課長の機嫌も直っとるやろ。お前もま、頭冷やせせや』

藤本は小池の怒りを見越しているのか、それには取り合わずにのんびりした口調でそう言い、笑ってみせた。

「はあ」

小池が不満そうにしながらも一応そう答えると『ええな』と藤本は念を押し、慌しく電話を切った。

きっと課長の目を盗み、わざわざ電話をしてきてくれたんだろう、と小池は先輩刑事の気遣いを有り難く思いつつも、明日の夜までどう過ごそうかと途方に暮れる。

「小池さん、ホテルとかって予約してます？」

彼の逡巡《しゅんじゅん》を見越したのか、竹中が声をかけてきた。

「はい、一応『ホテル浦島《うらしま》』に予約は入れてあります」

東京駅までアクセスのいい、安いビジネスホテルらしいのだが、と小池が言うと竹中は、

「晴海ですからねえ。東京駅まではバスかタクシーになると思うんですが、結構かかりますよ」

と言いながら、警視庁からのアクセスを小池に教えた。

「そしたらひとまず解散、ということで。何か出次第、連絡入れてください」

高梨が周囲に声をかけ、皆一斉に「わかりました」「お疲れ様でした」と声を掛け合いながら部屋を駆け出して行った。

「じゃ、また」

旭警部が小池の背を叩き、笑顔を向けると、他の刑事たちも「また」と笑いながら小池に頭を下げてゆく。

「……どうも」

やはりなんだかくすぐったいような思いを抱《いだ》きつつ、小池は皆に会釈を返したあと、室内に残った捜査一課の面々に頭を下げ、部屋を出ようとした。

「そしたら、私もホテルへ戻ります」

「あ。小池さん」

高梨の声に、小池が振り返る。

「よかったら携帯の番号、教えてもらえます？」

高梨がにっこりと笑い、小池に歩み寄ってきた。

「は？」

戸惑い見返す小池に、高梨はにやりと笑うと、

「ああ、別にナンパやないですよ」

そんな意味のわからないことを言い、戸惑う小池の前に、ポケットから取り出した自分の携帯を示してみせる。

「僕の番号もお知らせしておきます。何かありましたら連絡しますわ」

「ああ、ナンパだ、ナンパ」

竹中が後ろでふざけて笑っている。

「ごろちゃんに言いつけないといけませんね」

山田も調子に乗るのに、

「やれるもんならやってみい。そんくらいで揺らぐような僕らやないわ」

高梨はそう笑い返しながらも、

「あんまし波風立てんといてや」

あとからこっそり言い足してまたも周囲を笑わせる。小池もつられて笑いながら、自分の携帯を出すと高梨の示してくれた番号をダイヤルし彼の携帯に電話をかけた。

「それが僕の番号です」

「おおきに」

高梨はにっこりと笑い、またふざけて「番号ゲットや」と竹中たちを振り返って笑った。

「本当に色々とどうも有難うございました」

笑いが収まった頃、小池は心からの感謝の念を胸に高梨に向かって深々と頭を下げた。

「こちらこそ。ほんま、有難うございました」

高梨も小池に深く頭を下げたあと、そんな、と恐縮する彼に笑顔を見せる。

「進展がありましたら必ず電話入れますさかい」

高梨の声に送られ、小池は警視庁をあとにした。なぜか酷く気分が昂揚《こうよう》しているような気がし、建物の外に出た途端に大きく深呼吸をしてみる。

東京は——それほど悪いところではないかもしれない。

ふと頭にそんな言葉が浮かび、我ながら単純すぎる思考に苦笑してしまいながらも、自然と浮き立つ胸を抱えた小池はホテルに向かうべく、空車のタクシーへと手を上げたのだった。

interval（KOIKE'S MONOLOGUE）

目が覚めたときには、既に朝の八時を回っていた。驚いてベッドから跳ね起き、窓へと駆け寄りカーテンを開く。

高く昇った太陽が東京湾にきらきらと反射して、ホテル浦島の窓からそれを眺める俺の目を差した。あまり朝に強くないこともあり、俺は普段はカーテンを開け放したまま寝ているのだが――朝陽の明るさで六時には目が覚める。一度大遅刻をしてしまってから休みの日以外はずっと俺はその風習を守ってきた――昨日はなんとなく気分が昂揚していて風呂上がりに冷蔵庫からビールを一本取り出してしまった。

カーテンは最初から引いてあって、寝る前にあけておこうと思ったはずなのに、いつの間にか眠ってしまったらしい。もともと俺はあまり酒に強くないのだ。強くない、というより、からきし弱い。気分が悪くなることはまずないのだが、必ずといっていいほど眠りこけてしまうのだ。本当に安上がりだ、と藤本さんにはよくからかわれるが、どうにも眠れない夜など、ビールの一杯で熟睡できるのは我ながら便利な体質だとも思っている。

酒の席での失敗のしようがないこともいいじゃないか――とまで言うと負け惜しみがバレ

るか――などと俺はくだらないことを考えながら、これからどうするか、と抜けるように青い空と光る海面を見やった。

大阪には夜に戻ればいいと、藤本さんからは言われている。そうでなくともわざわざ早目に帰って課長の不機嫌な面《つら》を見る気にもなれなかった。

四谷の現場をもう一度覗いて、それから新幹線で帰るか――ぽっかりと空《あ》いてしまった馴染みのない土地での時間の使い方など俺に思いつくわけもなく、仕方なく俺はシャワーを浴びると早々にホテルを出、バスで東京駅へと向かうことにした。

今日が日曜日だ、ということに気づいたのはバス内に通勤姿のサラリーマンたちの姿が見られなかったからだった。やたらと空いた大通りをバスは乱暴なくらいのスピードで走りぬけ、あっという間に東京駅へと到着してしまった。

四ッ谷にはどうやっていけばいいのだろうと八重洲中央口で路線表を見上げ、『中央線』に乗ればいいらしいことがわかった。相変わらず東京駅には人が溢れていたが中央線は東京発着らしく、ホームに停まっていた高尾行きに乗り込むと、中はがらんとしてほとんど乗客はいなかった。

四ッ谷までは確か三駅ほどだったな、と路線図を思い出しながら発車を待つ。四谷の現場はどのあたりだったか——昨日は車だったために実はその場所を少しも自分が把握していないことに、間抜けにも俺はドアが閉まってから気づいた。電話で聞くか、と携帯をポケットから出し、リダイアルのボタンを押す。

「090……」

画面に浮かんだ高梨警視の電話番号を俺はしばらく眺めていたが、なぜかためらってしまってかけることが出来なかった。

多分、高梨警視は俺が「また現場を見たい」といえば、いやな顔ひとつせずにあのアパートへの行き方を教えてくれるだろう。それだけに俺は、何か特別見たいものがあるわけでもなく、単なる時間潰《つぶ》しのために訪れようとしていることがなんだか後ろめたく、せめて何か現場を訪れる理由のひとつも見つけようと、昨日の現場の光景に意識を集中させた。

現場百回——とはいえ、昨日隅々まで見せてもらったあのアパートの部屋でもう一度見たいと思えるようなネタは少しも思いつかない。そうこうしているうちに四ッ谷の駅に到着し、どうしよう、と俺が迷っているうちに発車のベルが鳴り電車のドアが閉まった。

「四ッ谷」と書かれた駅のプレートが窓の外、後方へと流れてゆく。一体俺は何をしているんだろう。振り返って遠ざかってゆく駅を見ながら、どうせ時間潰しならこのままこの電車に乗り続け、適当なところで折り返せばいいか、と半ば俺は自棄《やけ》になり腕組みをすると、座席で居眠りをする体勢に入った。

我ながら無趣味といおうかなんと言おうか、まるで情けない『時間の潰し方』であるとは思う。いくらここが馴染みのほとんどない東京だからといって――と、ここで俺の心に『東京』の文字がひっかかった。

こうして俺が無駄に揺られている電車は、もしやすると彼女の――俺の母の住む街を、通過しているのかもしれない。

ぼんやりそんなことを考えていた俺は、あまりにセンチメンタルなその思いに慌てて両目を開いて周囲を見回した。己の思考が人に見られるわけもないのに、と自分の行動の馬鹿馬鹿しさに舌打ちしつつ、再び目を閉じることも出来ずにまた車窓へと目をやる。その行為自体がまるで別れた母を捜しているようにも思えてきて、忌々《いまいま》しさにまたも舌打ちして俺が車内に目を向けたそのとき、電車は駅へと滑り込んだ。

『おぎくぼ～』

アナウンスとともにドアが開く。そろそろ降りるか、と時計を見た俺の鼻腔に花の強い香りが飛び込んできた。なんだ、と顔を上げた途端、閉まったドアの前で大きな花束を手に、俺を驚いたように見ていた男と目が合ってしまった。

「あ」

俺もまた驚き、思わず声が漏れる。

「どうも……」

小さな声で挨拶をし頭を下げてきたのは『ごろちゃん』——田宮吾郎だった。

田宮は一瞬躊躇するように立ち尽くしていたが、やがて俺のほうへと歩いてくると、

「こんにちは」

と再び頭を下げ、隣に座ってもいいか、というように首を傾げた。

「ああ、どうぞ」

だらしない格好で座っていた俺は居住まいを正し、彼のために隣の席をあけてやる。車内はがらがらだったから別に敢えて隣に座らなくてもいいものだが、と思いはしたが、

「すみません」

と俺に微笑み隣に座った田宮の顔を間近で眺めているうちに、不思議と、まあいいか、という気持ちになってきた。

「偶然ですね。これからどちらに？」

何か話さなければとでも思ったのか、田宮が俺に話しかけてくる。

「ああ、四谷のほうに……」

考えもなく答えると、田宮は驚いた顔になった。

「四谷だったら逆ですよ！」

自分のことでもないのに慌ててシートから立ち上がった彼のその慌てぶりがなんとなく可

笑しくて、俺はいつにない素直な気持ちで彼に答えた。

「わかってます。四谷に行こう思うてたんやけど、気が変わってやめたんです」

「は？」

戸惑ったような顔をして俺を見下ろす彼に「ま、座ってください」と隣の席を示す。

「はあ」

田宮は首を傾げながらも素直に再び腰を下ろしたあと、俺の顔を覗き込んだ。

「じゃ、これからどちらへ？」

「田宮さんはどちらへ？」

逆にそう問い返すと、田宮はまた驚いたように目を見開き、

「よく俺の……私の名前、覚えてましたね」

そう言ったあとに、「私も小池さんの名前は覚えていましたけどね」と悪戯《いたずら》っぽく笑って俺を見た。

「……よく覚えていましたね」

今度は俺が驚く番だった。田宮は笑顔のまま、こそこそと俺に囁く。

「そりゃ覚えてますよ。刑事の取り調べなんて受けたの、生まれて初めてでしたからね」

「……あのときは本当に失礼しました」

その取り調べでの自分の失礼な振る舞いを思い出し、慌てて俺は頭を下げたのだが、田宮

も慌ててフォローに走ってくれた。

「いや、そういうつもりじゃないんですよ。仕方なかったと思います。誰でも疑いますよ」

「はあ」

なんとも答えようがなく俯く俺に、

「ほんと、テレビの刑事ものみたいでしたよね。あれでカツ丼とか出てきちゃったら、ついつい雰囲気に呑まれて『やりました』とか言っちゃいそうでしたよ」

とわざとふざけてみせる。

「そりゃないわ」

思わず噴き出した俺と田宮の笑い声が車内に響いた。と、そのとき電車がまた駅へと滑り込み、田宮の視線が窓の外へと逸れる。

「……どちらへ行かれるんです？」

視線を追い俺も窓の外を見ながら尋ねると、田宮は一瞬黙ったあと、視線を俺へと戻し答えてくれた。

「墓参りに」

「墓参り……」

言われてみれば、田宮の手にしている花束は百合《ゆり》中心の白基調のものだった。季節外れの墓参は、近しい人の命日か何かなのかもしれない。

「小池さんはこれからどうされるんです？」

思い出したように田宮が問いかけてきた。俺はそんな彼の顔を見返し——どうしようかな、と思いを巡らすより先に「一緒に……」と口走ってしまっていた。

「え？」

田宮が驚いたように俺を見返している。彼の大きな瞳に見つめられるうちに、俺の頭には何故か血が上ってきてしまった。

「一緒に行っちゃ……まずいですかね」

勢いのままに言ってしまったあと、自分の言動のあまりのあやしさにますます血が頭に上るのを感じる。

「いや、すみません。これからどうやって時間を潰そうて思うてたところやったもんで。ほんま、失礼しました。忘れてください」

最後はもうしどろもどろになってしまい、ちょうど駅についたところだったので「それじゃ」と俺はそのまま立ち上がり、電車を降りようとした。

「小池さん」

と、田宮が後ろから俺の腕を摑んだかと思うと、ぐい、と引き寄せてきたので、俺は驚いて彼を振り返った。

「はい？」

発車のメロディ音が流れ――この電車の路線はピロピロしたメロディが発車のベルらしい――俺の前でドアが閉まる。

「……往復で二時間くらいかと思いますが、時間、大丈夫ですか？」

田宮は摑んでいた俺の手を引っ張って俺をもとの席へと座らせると、俺の顔を覗き込み、にっこりと笑った。

「時間？」

座った途端、腕に残る温《ぬく》もりを追いかけるように彼の手を目で追い、俺がおうむがえしにすると、田宮は大丈夫かな、といいたげな顔で、問いを重ねてきた。

「このあとのご予定は？」

「……ああ」

それを気にしてくれたのか、と、俺はまるで頭の足りないガキみたいな自分の対応を恥じ慌てて答える。

「今日中に大阪に戻ればいいだけですから」

「ああ、今日は日曜ですもんね」

田宮は納得したように笑うと、少し首を傾げるようにして、俺に尋ねた。

「こっちへはご出張で？　……って聞いてもいいのかな」

「ああ、かまいませんよ。出張です。大阪には夜戻ればいいって言われとりますんで」

答えながら俺は、昨夜国松課長に「ボケ」まで言ってしまったことを今更のように思い出し、つい苦笑してしまった。田宮はそんな俺をまたも不思議そうな顔をして見ていたが、敢えて何も聞こうとせず「どうもお疲れ様です」と笑うと、再び車窓へとちらと視線を向けた。つられて外を向く俺に、

「あ、ここで降ります」

田宮は声をかけて立ち上がり、『国分寺』という駅で俺たちは下車した。それから電車を乗り換え、霊園に着いたのは三十分ほどしたあとだった。

「誰の墓参りです？」

前を歩く田宮に、今更の問いかけをすると、彼はちょっと困ったような顔をして微笑んだあと、

「友人のです」

とだけ答え、こっちです、と足早に霊園の中を歩き始めた。俺は勝手に彼の近親者の墓参だとばかり思っていたので、『友人』というその言葉の意外さに思わず、

「え？」

と聞き返してしまったのだったが、田宮は再び少し困ったような笑顔を浮かべただけでそれ以上は何も言わず、黙々と足を動かし続けた。

俺はあとを追いながら、もしやこれは彼にとっては触れられたくないことなのではないか、

と本当に今更のように気づき、ここまでのこのことついてきてしまったことを激しく悔い始めていた。

考えてみればいくら東京での時間の潰し方に困っていたとはいえ、ほぼ初対面に近い相手の墓参りについていくなんておかしな話だ。なんだって俺はこんな常識はずれの申し出をしてしまったのだろう。

電車で俺の姿を認め笑顔で話しかけてくれた田宮に俺は、勝手に旧来の知人というか友人というか、そんな感覚でいつのまにか接してしまっていた。それは高梨警視や、捜査一課の皆が「ごろちゃん、ごろちゃん」と愛称で呼んでいる彼の話を聞くうちに、なんだか自分まで近しくなったような錯覚に陥ってしまったためかもしれないし、田宮が持っているなんともいえない——人懐《ひとなつ》っこいとしかいいようのない雰囲気によるものかもしれなかったのだが——と俺はここで、そういえば高梨警視もやたらと人懐っこい印象を与えるんだよなあ、と昨夜別れた彼の顔を思い浮かべた。

『番号ゲットや』

そう笑っていた高梨と前を歩く田宮の関係は——やはり一課の皆がからかい続けていたように、「そういう」関係なのだろうか。忘れていた疑問が俺の頭に甦《よみがえ》り、勢いにまかせて聞いてしまおうか、と、先ほどまで『ついてきて迷惑だったのでは』とまで思っとったやん、とすぐ反省を忘れている自分に自らツッコミを入れつつ、それでも彼の背中に声をかけよう

とした。そのとき、

「あ、ここです」

不意に田宮は俺を振り返り、小さく笑ってみせた。その笑顔を見た瞬間、なぜか俺の胸の鼓動は一段と速まり、我ながらいったいどうしたことだろうと思いながらも俺は「はあ」と間抜けな相槌を打つと、彼の後ろから、まだ真新しい卒塔婆《そとうば》の立つ墓を見つめた。

『里見《さとみ》家之墓』――里見、というのは確か――。

聞き覚えがあるその名を前に、俺は記憶の糸を辿《たど》った。墓には直前に誰か墓参に来ていたのか、花入れは新しい花で埋まっていて、線香の残り香があたりに漂っていた。田宮は墓の前に花束を置くと、石屋で買った線香にライターで火をつけ始めた。風でなかなか火がつかないらしく、腰を下ろし身を屈めた彼の傍に、俺も風除《かぜよ》けになろうと腰を下ろす。

「ああ、すみません」

すぐ前にある田宮の笑顔に俺はまた妙に胸が高鳴るのを覚え、

「いえ……」

と答えながら思わず彼の顔から目を逸らせてしまった。先ほど見せたのと同じその笑顔は、なんというか――あまりにも儚《はかな》く、痛々しいような思いを俺に抱かせ、何故だかいたたまれないような気持ちに俺を追い込んでいたのだ。

「ありがとうございました」

ようやく線香に火が灯《とも》ると、田宮はまた俺にあの儚げな笑みを見せ、墓の前にそれを供えて両手を合わせ目を閉じた。

『里見』――確かその名は、田宮が巻き込まれた事件の犯人の名ではなかったか。不意に記憶が甦り、俺は言葉もなくじっと墓の前で手を合わせる田宮の姿に見入ってしまった。

あの事件の真相は何故だか詳細は流れてこなかったのだが、犯人の里見は俺たちが取り調べた田宮の同僚で、彼とは『親友』の間柄だったらしい。犯行の動機は田宮の仕事での成功を妬《ねた》んで、とのことで、田宮に罪を被《かぶ》せようとさまざまに工作したらしいが、警察の捜査が自分に及ぶと田宮をナイフで刺して重症を負わせ、自分は頸動脈を切って自殺をした。

男の嫉妬《しっと》は恐ろしい、と、教えてくれた藤本さんは肩を竦めていたが、俺もまったく同じ感想を抱きつつこの話を聞いたのだった。藤本さんは「だからお前もあまり目立つな、気をつけろ」と俺に言いたかったのかもしれないが、それがわかるだけに「へえ」などと興味のないふりをして相槌を打ったのを昨日のことのように思い出しながら、俺は自分に罪を被せようとした挙句、大怪我《おおけが》まで負わされたそんな男の墓の前でなぜ田宮はいつまでも目を閉じ、両手を合わせ続けているのだろう、と密かに首を傾げ、彼の後ろ姿を見つめていた。

「お待たせしました」

五分も拝んでいただろうか。ようやく田宮が顔を上げると、行きましょうか、と立ち上がった。

「はあ」

俺はまた間抜けな相槌を打つことしかできず、彼のあとについて、来た道を引き返し始める。

「今日、月命日なんですよ。先月漸く納骨されてね」

田宮は俺に、というよりは、まるで独り言のような口調で俯きながらそう言うと、来たときとは違うのろのろとした歩調で歩いていた。

まるで霊園内を散歩するように彼と肩を並べて歩きながら、俺は田宮が今にも泣き出すのではないかと気が気ではなかった。なぜそんなことを思ってしまったのかわからない。彼の横顔は静かな微笑を浮かべていたし、その声音だって先ほどから全く変化が見られないというのに、何故か俺は彼が泣いているような錯覚に陥ってしまっていた。

「友人って……」

俺は歩いてきた道を振り返り、里見という男の墓のあったあたりを見やった。かなり距離があったから、微かに線香の煙が立ち昇っているように見えたのはそれこそ錯覚かもしれないが、あの男が——かつて田宮を肉体的にも精神的にも傷つけただろうその『友人』が、今、田宮を泣かしているのだと思うとどうにもやりきれない気持ちになった。

いきなり口を開いた俺の顔を、田宮は驚いたように見上げている。

「……あの事件の犯人……やないですか？　あんたに罪を擦《なす》り付けて自殺した……」

言いながら、一体何を一人で憤っているのだろうと途端に我に返ったのは、田宮の頬が涙になど濡《ぬ》れていないことに気づいたからだった。

「すみません」

「……里見はそんな男じゃないよ」

慌てて詫びた俺に、田宮はぽつん、とそう言うと、寂しさの滲《にじ》むその声に驚いて顔を上げた俺を見て泣き笑いのような顔になった。

「……そんな男じゃないんです」

「すみません」

俺はただただ申し訳なさが胸にこみ上げてきてしまい、彼の前で深く頭を下げた。人づてにしか事件のことを聞いたことがない俺が口を出す問題では全くないということに改めて気づいてしまったからなのだが、田宮は逆に慌てたように俺の腕の辺りを摑むと、

「そんな、頭上げてください」

と俺の顔を覗き込み、おずおずと頭をあげた俺と目を合わせてまたあの儚げな微笑を見せた。

「……親友だったんですよ」

行きましょう、と再び道を霊園の入口へと向かって歩き始めながら、田宮はまた独り言のような口調でぽつぽつと話し始めた。

「大学一年のとき……入学して初めて出来た友人でした。すぐに意気投合してそれこそいいことも悪いことも、隠し事なんか何もないくらいにお互いのことは分かり合って付き合ってきました。ほんとにいい奴でね、正義感が強いっていうかなんていうか……言わなくてもいいこと言っちゃって損ばかりしてるような、そんな奴でした。俺もどれだけ里見に……彼に助けて貰ったか……」

そこまで言うと田宮は、くす、と笑って空を見上げた。

「それでいて俺には『もっと自分のことを考えろ』なんて説教するんですよ。それはこっちの台詞《せりふ》だよ、って俺はいつも笑っていたんだけど……」

なぜ、自分がそんな行動に出てしまったのかがわからない。不意に足を止めた俺へと視線を戻した田宮の身体を、俺は思わず——抱き締めてしまっていた。

「小池さん？」

驚いたような田宮の声が耳元で聞こえる。俺は無言でそんな彼の背中を力一杯抱き締めていた。腕の中で田宮は少し抗うような素振りを見せたが、再び、

「……小池さん？」

と俺の名前を呼び、俺の背へと腕を回すと、とんとんと叩いてくる。まるで母親が泣いた子供をあやすように——そこではじめて、俺は自分が彼の肩に顔を埋め、涙を流していることに気づき、愕然としてしまった。

涙はあとからあとから込み上げてきて、彼の肩口を——薄手のシャツを濡らしてゆく。嗚《お》咽《えつ》の声まで漏れそうになるのを必死で呑み下しながら、俺はただただ田宮の身体を抱き締め涙を流し続けた。

「……人が見ますよ」

苦笑するような口調で田宮がそう言い、俺の背を叩いてくれる。すみません、と声にならない声で詫びる俺に田宮は、

「ありがとう」

そう囁き返すと、そろそろ行きますか、と漸く涙も収まってきた俺の背をぽん、と叩いて身体を離した。

俺はなんだか恥ずかしくて顔が上げられなくなってしまった。俯いたまま駅へと戻り、西武線からまた俺が東京駅から乗ってきた中央線へと乗り換えるまで、俺はひとことも話すことができず、田宮が時折話しかけてくるなんてことない会話に、頷いたり短い相槌を打って過ごした。

そろそろ田宮が乗り込んできた駅が近付いてくるというときになって、田宮は俺の顔を覗き込むと、

「ほんと、有難うございました」

礼を言って微笑み、このまま東京まで行かれます？　と俺に尋ねかけてきた。

「……ええ」

頷きながら、田宮の顔を見返し、俺は改めて頭を下げた。

「ほんま……恥ずかしいところをお見せしまして」

「いえ……」

田宮はまた微笑んで――それはまるで泣き笑いのような顔だった――俺に向かって、

「里見も――嬉しかったと思います」

ぽつりとそう言うと、深く頭を下げた。そのとき、電車がホームへと滑り込み、『おぎくぼ〜』というアナウンスが流れ始める。

「それじゃあ」

田宮は明るい声を出して立ち上がると、「お付き合い頂き、有難うございました」と笑って、ドアのほうへと足を早めた。

「田宮さん」

思わず俺はその背に声をかけ、ホームへと降り立った田宮が俺のほうを見て軽く首を傾げる顔を見つめる。

何か言いたかったのに、どうしても言葉が出なかった。ぷしゅ、という音を立ててドアが閉まったその向こうで、田宮が小さく右手を上げ振ってくれたのに、俺も思わず片手を上げ、彼に向かってその手を振った。

礼を――無理やり墓参につき合わせてもらった礼を言えばよかった、ということに気づいたのは、電車が次の駅「中野」に着いた頃だった。俺はなんとなくその駅で電車を降りるとホームのキオスクを覗き、そこで東京の地図の本を買ってその場で開いてみた。
今日、俺が訪れたのは小平《こだいら》霊園というところらしい。路線図もついていたその地図で、俺は先ほど田宮が降りた荻窪の駅を探した。都区内の地図へと戻ってその周辺を見て――青字で書かれた区名に俺の目は思わず釘付けになる。
杉並区――。
昔から俺の胸に焼きつき、払っても払っても払いきれなかったその地名――。
かつて母親の住んでいた――今も住んでいるかもしれない、この街の名を目《ま》の当たりにし、俺は思わず言葉を失い地図を手にしたままその場に立ち尽くしてしまった。
また――会えるだろうか。
ふと頭に浮かんだその考えは、母に向けられたものなのか、それとも彼に――田宮に向けられたものなのか、自分でも説明がつかなかった。ホームに電車が滑り込んでくる。東京行きと表示のあるその電車に乗り込もうと俺が手にした本を閉じたそのとき、いきなりポケットの中の携帯が鳴り出し、俺は慌てて着信画面を見、驚いて「もしもし？」と通話ボタンを押した。
電話をかけてきたのは、俺が最後にダイヤルした相手――高梨警視だった。

『ああ、小池さん、いまどちらです？』

声に緊張感がにじんでいる。何事が起こったのだろうと思いつつ「中野です」と告げると、

『ああ、まだ東京ですか。よかったです』

高梨はほっとしたように笑ったあと、『これから新宿に出られますか？』と真剣な声で問いかけてきた。

「新宿？」

確か往きに中央線で通ったな、と思いながら、問い返すと、

『そうそう、中央線で新宿まで出てください。西口のロータリーに迎えにいかせますから』

高梨は答えてくれたあと、驚くようなことを言ってきた。

『今連絡が入ったんですが、昨夜新大久保で殺人事件が起こったそうで、その様相が例の事件に酷似しているんですわ。小池さんにも是非《ぜひ》見て貰いたい思うて連絡入れさせて頂いたんですが、大阪に帰りはる前でほんまよかったですわ』

「なんやて？」

思わず大声を上げた俺に、高梨警視は、

『ほな、またあとで。ああ、大阪にはこちらから連絡入れておきますよって』

そんなさりげない気遣いを見せ、俺が礼を言う前に電話を切った。彼の気遣いに感謝しつつも俺は一気に自分の中に緊張感が高まってくるのを感じ、次の電車は何時だと表示板を見

上げる。

五分後か、と溜め息をつきつつ、手の中の地図の本を広げて新大久保を探した。以前の俺は意地でも東京の地理になど詳しくなるものか、と地図は勿論、メディアで情報が流れるたびに目を背けチャンネルを変えていたくらいであったのに、この変化はなんなんだ、と思いながら新大久保の駅を見つけ出す。

新宿か、と再び起こったという殺人事件に思いを馳《は》せ、勢いよく手の中の地図を閉じると、一刻も早くオレンジ色の電車が来てほしいと線路を睨み付けた。

4

捜査本部に事件の第一報が入ったのは正午をまわった頃だった。新大久保のアパートでホステスが殺されたのだが、現場の様子が四谷の事件に酷似しているのだという。

「なんやて？」

泊まり込みも三日目になる高梨が、乱れた髪をかき上げながら勢いよく立ち上がる。

「新宿署から入った連絡によるとガイシャは全裸に剝《む》かれて口には花を咥えさせられてるそうです」

報告する山田の顔にも緊張感が漂っていた。

「すぐ現場へ向かう」

高梨は上着を手に立ち上がったが、ふと思いついたようにポケットから携帯を出すと着信履歴から番号を探してダイヤルしはじめた。電話を耳にあてながら、目で山田に行くぞ、と合図し、彼を伴って部屋を出た所で相手が電話に出たらしい。

「ああ、小池さん、いまどちらです？」

高梨の問いかけに、山田はああ、と頷いた。『何か進展があったら連絡する』という小池との昨日の約束を果たそうとしているのだろうと納得したためである。

高梨は小池に、事件の概要と新宿でピックアップする、と伝えたあと、

「ほな、またあとで。ああ、大阪にはこちらから連絡入れておきますよって」

そう言い電話を切った。

「小池刑事ですか」

わかりきった問いかけをした山田に高梨は「ああ」と頷くと、

「誰ぞ新宿西口にピックアップに向かわせてくれ」

そう指示し、自分はまた歩きながら携帯をかけはじめる。大阪府警にかけるのだろう、と予測しつつ山田も自分の携帯を取り出し、竹中に応援を頼んだ。

「……ということで、暫く小池刑事をお借りしたいんやけど……ほんま、すみませんなあ」

高梨の口調がいつにもまして和らいでいるのは、馴染みの刑事と話しているからだった。

「それじゃ、藤本さん、宜しくお願いしますわ」

と笑って高梨は電話を切ると、「行くで」と覆面パトカーの助手席へと乗り込んだ。

「同一犯でしょうかねえ」

運転しながら山田が問いかけると、高梨は、ううん、と低く唸り、

「ちゃうかもしれんね」

ぼそりと言ったあと、その場で大きく伸びをした。

「違う？」

思わず問い返した山田に、

「まだ現場も見てへんのにわかるかい。単なる思い付きやがな」

苦笑しながらそう言いつつも、高梨はさすが、と山田を納得させることを続いて口にし、肩を竦めてみせた。

「大阪もこの間の四谷も、ガイシャは皆ＯＬやったろ。今回は不法滞在の外国人ホステスやそうやないか。毛色が違いすぎるわな」

「黒髪は黒髪らしいですがね」

山田がわざとボケるのを、

「アホ」

高梨は優しくも彼の頭を小突いてかまってやり、

「……ま、まずは現場を見てからや。新宿署やったらこないだまでコアなお付き合いさせて貰《もろ》うてたし、やりやすいんちゃうかな」

そう笑って山田を見た。

「納刑事が戦線離脱してるのが痛いっすけどね」

山田が溜め息をつくのに、「ほんまやなあ」と高梨も相槌を打ったが、すぐににやりと笑った。

「サメちゃんのことやがな、松葉杖ついて無理矢理出張ってくるんちゃうかな」

「そうですねえ」

山田も微笑み、アクセルを一段と踏み込む。そろそろ新宿の高層ビルが見え始めてきた。高梨はそのビルのシルエットを眺めながら、ふと何故小池は中野になどいたのだろう、と首を傾げた。

私用か、それとも何か思うところがあったのか——勿論その直前まで小池が行動をともにしていたのが、最愛の恋人だということを高梨は知る由《よし》もなく、彼の帰阪に間に合ってよかったと思いながら、気持ちを事件へと集中させていった。

現場は新大久保の駅近い、職安通りを一本裏に入ったところにある、不法滞在の外国人ホステスたちの溜まり場になっているアパートだった。今回の現場は二階——これも常に一階の部屋を狙っていた今までの事件との相違点である——既に警官が現場保持の為に佇む中、手帳を見せながら高梨と山田は中へと入っていった。

「あ、警視、お疲れ様です」

部屋の中から声をかけてきたのは納の部下の橋本《はしもと》だった。

「どうも、橋本さん、また宜しくお願いします」

高梨は笑顔でそう会釈を返しながら「こっちです」と彼が手招きするほうへと足を進めた。

「ガイシャです」

橋本がシートを捲《まく》ると、身体を捻るようにして倒れている全裸の女が現れた。口には白い薔薇の花が確かに咥えさせられている。顔立ちの整った――フィリピーナだろうか――若い女だったが、驚愕《きょうがく》に目を見開き苦痛に顔を歪《ゆが》めているのが痛々しい。高梨と山田は遺体に両手を合わせたあと、

「ちょっといいですか」

鑑識にシートを全部外して貰い、遺体の近く、床へと顔を寄せた。

「犯行時刻は午前三時から五時――遺体の第一発見者は同室のフィリピン人ホステスです。午前九時ころ部屋へと戻ってきたときには部屋には鍵は掛かっておらず、遺体は既に冷たくなっていたらしいです。二人とも不法滞在でしてね、どうやらコレが絡んでいるらしい」

橋本は頬にすっと指で傷をつける真似をした。暴力団がらみといいたいらしい。

「どちらの組で？」

「翠龍会《すいりゅうかい》……ガイシャの身元は今、そっちにあたらせてます」

橋本はすらすらと答えると、床に頭を擦り付けるようにしている高梨に、自分も膝をついて座りながら問いかけた。

「なにか気になることでも？」

「いや……こりゃ、ちゃうかもしれません」

高梨が端整な眉を顰め、鑑識に向かって手を上げる。

「違う？」

驚いた声を上げた橋本の前で、高梨は鑑識に、

「遺体周辺、詳しく調べてください。色々痕跡残っとるようですから」

と命じ、橋本へと視線を戻した。

「模倣犯の可能性が高いです。今までの現場からは、犯人の痕跡はひとつも見つけることが出来ませんでしたが、今回は床は汚れたい放題、毛髪の一本も出るやもしれません。遺体はやはり死後、乱暴されてましたか？」

高梨が橋本へと尋ねたそのとき、

「すみません、遅くなりまして」

入口のほうから竹中と小池が現れた。

「おお」

高梨が振り返り、竹中に手を上げ、後ろで頭を下げた小池に微笑んで会釈する。

「……模倣犯、ですか」

橋本がうーん、と唸りながら腕組みするのを聞きつけた小池が、遺体へと駆け寄ってきた。

「模倣？」

「もう一度、見せて頂いていいですか？」

高梨が声をかけると橋本は「ええ、勿論」と頷き、顔なじみの竹中に誰？　という目で問

うている。

「ああ、大阪府警の小池刑事です。一連の大阪での事件を担当されてまして、四谷の事件の助っ人でご出張頂いています」

気づいた高梨が横からそう小池を紹介した。

「どうも」

「そりゃお疲れ様です」

小池と橋本、それぞれに頭を下げ、挨拶を交わしたあと、高梨は小池に向かい現場を示しながら問いかけた。

「どう思われます、小池さん？　大阪の事件とは同一犯やと思われますか」

「うーん、私も模倣犯の疑いが濃いような気がしますねえ」

遺体周辺を、やはり床に顔をつけるようにして見ていた小池は顔を上げ、高梨に頷いてみせた。

「……周辺の聞き込みは？　犯人らしい人物の目撃情報など、何か入ってきてますか？」

高梨は小池に頷き返したあと、橋本を振り返った。

「いや、今のところはまだなにも……」

橋本は答えながらも腕組みをし、「模倣か……」と低く唸っている。

「……鑑識と検死の結果、こっちにもまわしてください。本件、模倣としても四谷や大阪の事件と切り離して考えることは出来んでしょう。合同捜査になる思います。夕方招集かけますさかい、本庁のほうに来て頂けますか？」

高梨の要請に「了解しました」と橋本が敬礼して答え、それからしばらく現場を探索したあと高梨たちは新大久保をあとにした。

車の中で高梨は四谷署の旭警部に連絡をとり、四谷の事件の第一発見者のホステスを押さえさせた。彼女の口から犯行の様子が漏れた、と考えるのが一番妥当であり、彼女が事件のことを誰と誰に話したのか、そこから追跡調査を始めることにした為である。

「……第一発見者から事件が漏れた場合、この程度しか模倣出来へんのかもしれんな」

高梨の言葉に、後ろのシートに同乗していた小池は大きく頷いた。彼の中で、やはり四谷と大阪の事件は同一犯の手によるものだという確信が益々深まってゆく。

「せや、小池さん、なんだって中野なんかにいらしたんです？」

高梨がふと気づいたように半身だけ振り返り、小池に尋ねてきた。

「いや……」

小池は、一瞬なんと答えていいものかと躊躇したが、答えずにいるのもよくないなと思い直し、口を開いた。

「大阪に帰るまでに時間がありましたんで、四谷の現場にでも行ってみようかと思ったんですが、場所がわからなかったもんでうろうろしてしまいまして……」

答えながら小池は、高梨には田宮と偶然出会って墓参に行ったことを話しておいたほうがいいのだろうか、と迷い、バックミラーに映る彼の顔を見やった。別に何も疚《やま》しいことがあるわけではない。が、何故か話を切り出すのが躊躇《ためら》われ、結局小池は、

「なんや、それこそ連絡くれはったらよかったのに」

そう言って笑う高梨の言葉に、曖昧《あいまい》に笑って頷くだけにとどめてしまった。


合同捜査会議は十七時に本庁で開かれることとなった。連絡を受けた四谷署と新宿署の刑事たちが集合する中、納が松葉杖をついて登場する。

「サメちゃん！」

その姿を見た高梨は大きな声をあげ、彼へと走り寄った。

「なんや、まさか病院抜け出して来たんちゃうやろな？」

大丈夫か、と心配そうな顔をする高梨に納は、

「もう退屈で寝てられねえよ」

と豪快に笑ったあと、打って変わって潜めた声で高梨に囁き頭を下げた。

「ほんと、色々世話になってしまって申し訳ない」

田宮に洗濯物を運ばせたことを言っているのだろう、と察した高梨は、

「かまへんよ」

僕が答えるのもなんやけどね、と苦笑すると「ほんま、無理せんようにな」と念を押し、納の背を叩いた。

「そうそう、これなんだけどな」

納が高梨に、松葉杖をつく手で持っていた小さな紙袋をひとつ差し出した。

「なに？」

一体なんだ、と首を傾げる高梨に納は、

「まあ、その……なんだ……」

何が言いにくいのか、そう言い淀《よど》んだあと、少し顔を赤らめ、紙袋を高梨に押しつけてきた。

「お前に渡していいもんかわからんのだが……返しておいて貰えるか？」

「ええけど？」

高梨は受け取って袋を開け、中に入っていた空《から》のタッパーを見て、

「これ……？」

と確かめるような視線を納に向ける。

「俺が『病院のメシなんかじゃ足りない』とこぼしていたのを気にして、昨日差し入れてく

れたんだ。ほんと、気を遣って頂いて申し訳なかったよ」

納はぶっきらぼうな口調でそう言うと、すまんな、と高梨にまた頭を下げた。

「いやあ」

袋の中をちらと見下ろした高梨の顔は笑っていたが、一瞬その目に翳《かげ》が差したような気がしたのは納の思い過ごしだったのか——高梨は自分を見つめる納の視線に気づくと、

「サメちゃんが戦線復帰してくれて、ほんま心強いわ」

いつもの笑顔を見せ、その背を再び軽く叩いた。

会議では、今回の事件が模倣された可能性が高い、というところから、その『模倣』を導いた、四谷の第一発見者からの情報の漏洩先《ろうえいさき》へと議題は進んでいった。

「……どうやら店で話したらしい。今、その場にいた客たちのところに聞き込みに行かせています。少なくともその客の中には暴力団関係者はいないようです。ただ、二次的な噂を聞いた者の犯行、というには日にちがあまりたっていないような気もするんですが」

旭警部はそこまで報告すると、情報の漏洩について大変申し訳なかったとその場で深く頭を下げた。

「不可抗力でしょう。あれだけセンセーショナルな現場だ。喋るな、と言うほうが無理な話やないですかね」

高梨がフォローし、旭警部の頭を上げさせたあと、傍らの竹中を見下ろした。

「四谷と新宿じゃエリアも近い。案外早う容疑者を絞り込めるかもしれんな」

「新宿では、ガイシャの近辺を徹底的に洗います。馴染みの客もついてたようですので、まずはそこから……写真班出動させますんで四谷の事件の第一発見者のホステスの店の客と重なってるヤツがいないか、ご確認お願いしますわ」

納が手を上げながらそう言って、旭警部に向かって頭を下げた。

「了解です」

旭警部は頷いたあとに、心配そうに眉を寄せ、納に尋ね返した。

「納さん、怪我の方は大丈夫なんですか？」

「有難うございます。足手まといにならんよう頑張りますよ」

納が笑う横で、

「このあと病院に直送しますんで、ご心配なく」

橋本が頭を下げ、場の笑いを誘った。

「それではこれでひとまず解散しましょう。マル暴の方にも話は通してありますので、何かわかりましたら至急連絡させて頂きます」

高梨の声に一同立ち上がり、それじゃあ、と互いに笑顔を交し合って部屋を出て行った。

「ほんまお大事にな？」

高梨は納の傍らまで足を運び、心配そうに彼の顔を覗き込む。

「ああ」

ありがとな、と納は笑顔を返し、よいしょ、と声をかけ松葉杖で身体を支えて立ち上がった。

「看護師さん、カンカンだろうなあ。怖いんですよ、あそこの師長さん」

橋本がオーバーな口調で言いながら高梨に頭を下げ、納に付き添うように部屋を出て行く。

「くれぐれもほんま、無理せんようにな」

高梨が背中に声をかけると、納は片手をあげてその手を振り、わかった、というジェスチャーをした。

「高梨、お前も今日はもういいぞ」

納を見送っていた高梨は、後ろから金岡課長に肩を叩かれ、え、と彼を振り返った。

「もう泊まり込んで四日目だろう。今日は俺もこっちに詰めるし、ゆっくり休んで来い」

「まだ四日目ですわ」

金岡課長は遠慮する高梨に向かって、にやり、と笑う。

「あまりこっちに泊めておくとかみさんにも恨まれそうだしな。昨日の差し入れ、ほんと美味しかったと伝えてくれ」

「……申し訳ないです」

課長は口には出さないが、自分の憔悴《しょうすい》ぶりを心配しているのだろう。確かにこの四日、殆ど寝ていないに等しい高梨の疲労はピークに達しているといってよかった。それを指摘しない金岡課長の気遣いに感謝しつつ高梨は、深く頭を下げた。

「それじゃ、お言葉に甘えさせて頂きますわ」

「あ、タッパー、洗っておきました」

竹中が昨日の稲荷寿司の入っていたタッパーを手に傍に走り寄り、

「お送りしましょう。これから俺と山田で新宿に聞き込みですんで」

と高梨に笑いかけた。

「ええよ、電車で帰るわ」

慌てて手を振る高梨に「いいから、いいから」と竹中は言いながら、ねえ、というように金岡課長を見る。課長も笑顔で高梨に頷いてみせた。

「……なんや悪いなあ」

「稲荷寿司のお礼ですって」

ぼそりと呟く高梨に竹中は笑って答え、それじゃ行きましょうか、と二人が部屋を出かけたそのとき、

「あの……」

小池が彼らに向かって声をかけてきたので、一同は彼に注目し、足を止めた。

「ああ、小池さん、どうもお疲れ様でした」

高梨が笑顔で彼に近寄り、握手を求めるように右手を差し出す。小池はその手を握り返すと、

「これから大阪へ戻ります。何か四谷の事件と関わりを見つけましたら、すぐにこちらにご連絡入れさせて頂きます」

真摯《しんし》な瞳で高梨を見つめ、それじゃあ、と右手を離した。

「駅までお送りしましょう」

な、と高梨は竹中を振り返り、「ほんま、遠い処を有難うございました」と小池に向かって微笑むと、その背に腕を回した。

「すみません」

はっきりいってここから東京まではタクシーしかアクセスの仕方がわからなかった小池は素直に高梨の好意に甘えることにし、高梨と小池、それに竹中と山田の四人は竹中の運転する覆面パトカーへと乗り込んだ。

「警視、かえるコールはしなくていいんですか？」

助手席の山田が振り返り、からかってくるのに、

「せや、忘れてた」

高梨は少しも悪びれることなくそう言うと、「ちょっと失礼」と笑いながらポケットから携帯を出し電話をかけ始めた。小池が啞然として見守る中、すぐに相手は出たようで、

「あ、ごろちゃん？　僕やけど」

高梨がまるでにやけまくった顔になる。

「あのな、今日、これから帰れることになってん。三十分くらいで着くんちゃうかな……うん、今日は泊まる。ん？　メシ？　ああ、なんでもええよ。ごろちゃんの作るもんなら、もう僕はなんでも……え？　それが一番困る？　う～ん、どないしようかなあ」

でれでれとした顔で高梨は喋りつづけていたが、小池の視線に気づくと、しまった、というようにちらと舌を出し、

「ほんま、任せるわ。じゃ、またあとで」

と言ったあと、ちゅ、と受話器に向かってキスをして電話を切った。その電話越しのキスに小池はまた目を見開いていたが、やがて、意を決した顔になり高梨に問いかけてきた。

「あの……」

「ん？」

やはり悪びれる素振りを見せず、微笑む高梨に、小池は一瞬言いよどんだあと、

「あの、警視と……田宮吾郎は、所謂そういう関係……なんでしょうか？」

大真面目な顔で尋ねてきたものだから、流石《さすが》の高梨も一瞬言葉に詰まってしまい、まじまじと小池の顔を見返した。

一瞬の沈黙のあと、前方シートに座っていた竹中と山田がぶーっと噴き出し、それにつら

れて高梨も笑うと、小池に向かって頷いてみせた。

「せやね。『所謂そういう関係』やね」

「……そうですか」

自分で問いかけたくせに、小池は戸惑った顔をしながら高梨を見返している。高梨もまたそんな小池の顔を見返していたが、

「せや」

と不意に笑顔になると、顔を覗き込んできた。

「小池さん、今日中に大阪に戻ればええんですよね」

「はあ？」

何を言い出したのだろう、と小池が頷きつつも問い返す。

「よかったらこれからウチ、来ませんか？　ごろちゃんが腕にヨリかけて晩飯作ってくれてるさかい」

「えええ？」

高梨のあまりにも意外な申し出に、小池は思わず大きな声を上げてしまったのだったが、

「あ、いいなあ」

「ずるいっすよ、俺も行きたい」

前の席で竹中と山田が騒ぎ出し、彼の意識は一旦そちらへと逸れた。

「なんや、お前らかて呼んでもないのによくメシ食いに来るやないか」

そのたびにぎょうさん食いよってからに、と高梨は後ろから手を伸ばして二人の頭を小突いたが、またも啞然としてそんな彼らを見ていた小池へと視線を戻すと「どやろ？」とにっこり微笑んでくる。

「はあ……」

小池が毒気を抜かれたような顔で頷いたのを見た高梨は、「よっしゃ、じゃ、もう一回」と携帯をかけはじめた。

「あ、ごろちゃん？　ごめんごめん、僕やけど……あんな、悪いんやけど、一人若手を連れて帰りたいんよ。ええかな？」

にやけた顔で高梨は電話の相手と話していたが、どうやらＯＫがでたらしく小池を見ると、

「そう？　じゃ、三十分後にな」

小池に向かってもオーケーサインを示したあと、再び電話に向かってキスをした。

「いいなあ、小池さん」

「久々の『家庭の味』なんじゃないですか……って、独身ですよね？」

竹中と山田が調子に乗って次々と話し掛けてくる。

「はあ」

小池は頷くばかりで、自分に何が起こっているのかいまいち把握できていないように高梨

には見えたが、実は小池の心中には、昼間別れたばかりの田宮のあの泣き笑いのような顔がありありと浮かび、その胸の鼓動を速めていたのだった。

夫々《それぞれ》の思いを胸に車は環七を疾走し、予定通り三十分で田宮の待つ東高円寺の家に到着した。

5

「ただいまあ」

アパートの階段を上り、ドアチャイムを押しながら高梨が声をかけると、すぐに鍵の開く音がして、田宮が顔を出した。

「おかえり」

昼間逢《あ》ったときと同じシャツとジーンズの上にブルーのエプロンをしている姿がなんともいえずに初々《ういうい》しい——などと小池は思ってしまう自分に戸惑いながら、高梨の後ろで「どうも」と頭を下げた。

「あれ？　大阪にお戻りになったんじゃあ？」

田宮が驚きながらも笑顔で問いかけてくるのに、

「ええ、まあ色々ありまして……」

しどろもどろになりつつ答える小池を、高梨が不思議そうな顔をして眺めている。

「さあ、どうぞ」

それに気づいた田宮は小池に笑顔を向けて室内へと招いたあと、高梨に向かって、

「今日、偶然電車で逢ったんだよ」

そう言い、ね、というように小池を見た。

「ええ、中央線で……」

答えながら小池は、高梨にはやはり先に伝えておいた方がよかっただろうか、などと、わけのわからない気遣いが心に芽生えることに戸惑いを覚えつつも、「お邪魔します」と高梨のあとに続いて部屋へと上がった。

「時間なかったから鍋にしちゃったよ。季節じゃなくて申し訳ないけど」

田宮は言いながらエプロンを外し、

「あ、先に風呂入る？」

と高梨の方を振り返る。

「せやね」

高梨は頷いたあとに、にや、と笑い、

「一緒に入ろうか」

冗談とは思えない口調で田宮の両肩を摑んだ。

「ば……っ」

途端に田宮が顔を真っ赤にし、そんな高梨の手を振り払い、彼を睨み付ける。

「ばっかじゃないか？」

そしてそのやりとりを見ていた小池の存在に気づくと、田宮は益々顔を赤らめ、

「早く風呂、入って来いよ」

と高梨の背中をどついた。

「ほんま、恥ずかしがりやさんやねえ」

高梨は歌うような口調でそう言うと、小池の方を振り返り「先、はじめとって下さい」と笑って浴室と思われるほうへと消えた。

「どうぞ、座ってください」

まだ赤い顔をしていた田宮は小池に鍋の置いてあるテーブルの席を示すと、自分はサイドボードの奥、ベッドのほうへと向かい、箪笥の引き出しから下着やタオルを出して高梨の消えた浴室へと向かった。

「タオル、出しといたから」

ガラス戸をあける音とともに浴室の中にかける田宮の声と、「さんきゅ」と答える高梨の声が聞こえる。

「あとで一緒に入ろうな」

という高梨の囁きまでもが反響して聞こえてしまい、小池はその画《え》を想像し一人顔を赤らめた。

やがて、やはり赤い顔をした田宮が部屋へと戻ってきて、

「じゃ、先はじめてましょうか」

と小池に笑いかけると、そうだ、とキッチンの方へと一旦消え、缶ビールを片手に戻ってきた。

「今日、お帰りになるんですか？」

一缶を小池に手渡し、もう一缶をぷしゅ、と音をたてて開けると田宮は一口飲みながら小池に問いかけてきた。

「ええ、ほんま、いきなりお邪魔してもうて……」

すみません、と答えながらつられて小池も缶を開け、ビールを一口飲んだ。

「いや、ウチは全然いいんだけど」

田宮は笑いながらホットプレートの蓋を開けると、「しかも手抜きの鍋だし」と舌を出し、さあ、どうぞ、と取り皿を渡してくれる。

「すんません」

一口飲んだだけのビールが回ってしまったのか、小池は自分の顔が紅潮してくるのを感じながら皿を受け取り、鍋をつつきはじめた。

「ほんと、今日は縁がありますね」

田宮が可笑しそうに笑う顔が、とてつもなく可愛く見える。一体自分はどうしてしまったのか、と話しかけてくれる田宮に小池は胡乱《うろん》な相槌をうちながら、ひたすら鍋をつつき、ビールを呷《あお》った。

「ちょっと味、濃かったかな。大丈夫ですか？」

黙々と飲み食いしている小池に、田宮が心配そうに声をかけてくる。

いや、めちゃめちゃ美味しいですわ——と答えた記憶が小池にはなかった。ずるずると身体が椅子を滑り落ちる感覚に、手にした器を零しちゃいけない、とテーブルに置いたところまではかろうじて覚えていた。

「小池さん？」

驚いたような田宮の声を遠くに聞きながら、小池の意識は、深く沈んでいった。


「小池さん？」

いきなり気を失うように椅子から滑り落ちた小池に、田宮は驚いて箸《はし》を置くと彼の方へと駆け寄った。

まだ食べ始めてから十分も経ってない。一体何事かと、床に寝転ぶ彼を助け起こした田宮は、小池が赤い顔をしながら気持ちよさそうに熟睡している姿に啞然としてその顔を見下ろした。相当疲れていたのだろうか、と田宮は苦笑しつつ、頭をそっと床へと下ろそうとした。

今日帰るといっていたが、一時間ほどは寝られるだろう、と布団を取りに行こうとしたそのとき、いきなり小池の両手が田宮の床へとついた膝へと伸びてきて、がし、と太腿のあたりを摑んで引き寄せてきたので、田宮はバランスを失い倒れ込みそうになってしまった。

両手を床について身体を支えている隙に、小池は田宮の膝へと己の頭を乗せて来て、何かごにょごにょと言いながら腿の間に顔を埋め、また寝始めてしまった。

「こ、小池さん？」

田宮は小池の身体を揺すって彼を起こそうとしたが、小池は少しも目覚める気配がなかった。自分の彼女か誰かと間違えているんだろうか、と田宮は溜め息をつきつつも、

「小池さん？」

と彼の身体を揺すり続ける。

「……あさん……」

膝の上で、小池が小さく呟く声が田宮の耳に届いてきた。

「え？」

何を言ったのだろう、と顔を寄せた田宮の膝に小池の手が伸びた。寝やすい位置を見つけようとでもするかのように頭を動かしながら、右手で田宮のそれを服越しに軽く握りしめてくる。

「おい？」

驚いて身体を硬くした田宮の声など聞こえぬように小池は目を閉じたまま、くすりと笑った。

「……小池さん？」

田宮は何度も何度も小池の背を揺すったが、小池は全く目覚める気配を見せなかった。タヌキ寝入りには到底見えない彼の重い頭を如何に自分の膝から退《ど》けようか、と田宮が溜め息をついたそのとき、

「なにしてんねん！」

いきなり後ろで怒声が響いたかと思うと、ぎょっとして振り返った田宮の横をすり抜けてきた高梨が、田宮の膝に頭を預けて寝ていた小池の背中を力一杯蹴《け》り上げた。

「このガキャア、いい加減にさらせよ？」

「良平！」

彼の剣幕に驚いた田宮が、部屋の隅に吹っ飛んでいった小池に駆け寄ろうとするのを、高梨はその腕を摑んで自分のほうへと引き寄せる。

「大丈夫やったか？　なんもされてへんな？」

「俺は大丈夫だけど、小池さんが……」

あんな蹴りを受けて骨でも折っていたらどうしようと、高梨の手をすり抜け小池の方を田宮は見やったが、余程熟睡しているのかびくりとも動く気配がない。それでも心配のあまり

彼へと向かおうとする田宮の身体を、高梨は力いっぱい抱き締めた。

「良平？」

不審さから眉を寄せたその顔に覆い被さり、

「やめ……っ」

意図に気づいて顔を背けた田宮の唇を高梨は無理やり自分の唇で塞いだ。激しく抗う田宮の身体を床へと押し倒し、高梨はシャツのボタンを引きちぎるような勢いで外し始める。

「良平……っ」

やめろ、と田宮が高梨の身体を押し退《の》けようと力一杯手を突っ張るのを抱きこみながら、高梨はシャツのボタンを外し終わると続いて彼のジーンズへと手をかけた。

「やめろ……っ……人前で……っ」

田宮が必死の形相《ぎょうそう》で彼の手を払い退けようとするのに、

「かまへんよ」

高梨は一言答えると易々《やすやす》とその抵抗を封じ、トランクスごと田宮のジーンズを足元まで引きおろした。

「良平っ」

怒気を含んだ田宮の声などおかまいなしに、高梨は彼の脚を開かせその間に顔を埋める。

「やめ……っ」

田宮が身体を捩り、高梨の髪を摑んでその頭を身体の上から遠ざけようとするのを、高梨は逆に体重で押さえ込みながら、執拗に田宮の雄を、脚の付け根をしゃぶり続ける。

「良平っ」

田宮の声が掠れていた。高梨は顔を上げ、田宮の顔を見上げる。その瞳に涙が盛り上がっているのを見た瞬間、高梨の中で何かが弾《はじ》けた音がした。気付いたときには高梨は身体を起こし、嫌がる田宮に脚を開かせると、無理やり後ろへと自身の雄を捻じ込もうとしてしまっていた。

「やめろっ」

田宮が必死に彼の手から逃れようと床の上で身体をずり上がらせ、うつ伏せになって両手を床につく。その腰へと手を回して自分のほうへと引き寄せると、高梨は、

「嫌だっ」

と叫ぶ田宮の声を聞きながら、無理やり双丘を両手で割り、猛《たけ》る自身をそこへと捻じ込み始めた。

「……っ」

田宮が声にならない叫びを上げながら――充分慣らされていないところに挿入され、酷く痛みを伴ったのだろう――尚も高梨の手から逃れようと床についた両手に力を込め、身体をずり上がらせようとする。

「ごろちゃん」

なぜ逃げるのだ、と高梨は再び彼の腰を摑むと自分の方へとぐいと引き寄せ、より接合を深めようとした。

「……いやだ」

そのまま激しく腰を使い始めた高梨の身体の下で、田宮は呻《うめ》くような声を上げると、身体に覆い被さってくる高梨から顔を背け、唇を嚙みしめ続けた。

「……ごろちゃん」

高梨が激しい抜き差しを続けながら手を前へと回し、田宮の雄を扱き上げる。

「やめろ……っ」

田宮の弱々しい声が室内に響いた。高梨は既に抵抗する気力を失った田宮の首ががくがくと己の下で力なく振られる様を見ながら、まず彼を先に達《い》かせ、

「……う……」

呻いた彼の声を胸に聞きながら、彼の中に己の精を吐き出した。

うっすらと汗ばみ上下している田宮の背に高梨はまだ自身を後ろへと挿入させたままゆっくりと唇を落としてゆく。達したばかりで過敏になっているのだろう、びくりと普段以上に田宮は身体を震わせると、顔を上げることなく、高梨の唇から逃れようとするかのように両手を床につき、またも身体をずり上がらせた。

「ごろちゃん……」

高梨はそんな彼の身体を後ろから抱き締めると、顔を覗き込もうと顎《あご》を捉えて上向かせ――。

「ごろちゃん……」

彼の頬に流れる涙の痕《あと》に愕然として、思わず身体を彼の上から退けた。ずる、と高梨の雄が抜かれたとき、きつく閉じられた田宮の瞼《まぶた》から、また一筋の涙が零れ落ちた。高梨は田宮の身体を正面から抱きしめ、顔を覗き込もうとする。田宮は目を閉じたまま、高梨から顔を背けて唇を嚙み締めていた。

「ごろちゃん……ごめん……ごめんな」

先程まで高梨を支配していた、自分でも説明のつかない加虐めいた感情はいつのまにか消えており、後悔の念が彼の胸に物凄《ものすご》い勢いで押し寄せていた。自分は一体何をしてしまったのだろう、と裸の田宮の身体を抱きながら、高梨は、何度も何度も謝罪の言葉を囁き続ける。

「ほんまごめん……ごろちゃん、ほんまに……ほんま、ごめんな」

「……どうしてなんだよ」

酷く掠れた田宮の声が高梨の耳元で聞こえた。慌てて顔を上げ、彼の顔を見やったが田宮はまだ目を閉じたままで、必死で零れる涙を堪えるかのように唇を嚙み締め、肩を震わせている。

「……ごめん……ほんまにごめん……」

高梨が囁き、彼に顔を寄せると田宮は漸くその瞳を開いて高梨の顔を見上げた。大きな瞳から溢れる涙は尽きないようで、無言のまま田宮はじっと高梨を見上げていたが、高梨が唇で頬を伝う涙を拭おうと顔を寄せると、両手を高梨の背へと回し、ぎゅっと自分の方へと抱き寄せてきた。

「ごろちゃん……」

高梨は彼の頬に、目尻にくちづけながら、何度も何度も「ごめん……ごめんな」と囁き続ける。田宮は何も応えず、ただ彼の背を抱き締めながら、必死で込み上げる涙を堪えようと、唇を嚙み締め続けていた。


翌朝――小池はいつもどおり午前六時に目覚めた。見覚えのない部屋の天井に驚いて飛び起きると、

「あ、おはようございます」

既にスーツを身につけた田宮が小池の傍に立っていて、彼を見下ろしにこりと笑ってきた。

「あれ？　俺……」

小池はわけがわからないままに起き上がり——肋骨《ろっこつ》に痺《しび》れるような痛みを感じて顔を顰めた。

「大丈夫ですか？」

途端に慌てた様子で田宮が小池の傍へと膝をつき、心配そうに顔を覗き込んできた。

「はあ……」

それほどの痛みではないが、一体どうしたというのだろう、と小池は眉を顰め、「大丈夫です」と言おうとして田宮の顔を見上げたのだが、思わず逆に、

「どうしたんですか？」

と問いかけてしまった。

「え？」

驚いたように目を見開いた田宮の顔は、昨日の彼とはまるで違っていた。目がやけに腫《は》れていて、まるで夜通し泣いたあとのようだ。唇も少し切れているようで、一体何があったのか、と小池は問いかけようとしたのだが、田宮が、

「昨夜はいきなり倒れるようにして寝始めたから、何事かと思いましたよ」

自分の問いには答えず苦笑するようにしてそう言い出したので、問い続けることができなくなった。

「すみません」

反射的に彼に謝ったあと、小池は昨夜の記憶を辿り始める。すきっ腹にビールを飲みすぎたのがよくなかったのか、気づいたときには眠ってしまっていた。

『小池さん？』

問いかける田宮の声を遠くに聞きながら、なぜか酷く懐かしい夢を見ていたような気がする。あれは母か、それとも亡くなった叔母なのか――幼い自分が恋い慕い、その膝に顔を埋めた、そんな夢だった。

ふと、母には――女性にはあるわけもないそれに触れた瞬間、なんだ、これは田宮の膝なのか、と気づいた筈《はず》なのになぜか説明の出来ない安心感が胸に芽生えてきて、まるで母親の乳房を握るような感覚でそれを握ってしまった――ような気がする。

そこまで思い出した小池は慌てて顔を上げると、まだ心配そうに自分を見下ろしていた田宮に向かって、

「すみませんっ」

と大声を上げ、本気で頭を下げていた。

「小池さん？」

不審そうに眉を顰める田宮に、小池は、

「いや、あの……」

とてもナニを握ってしまってすみません、とはいえなくてそう口籠もりながら、「本当に

すみません」とひたすら頭を下げ続ける。

「……そんな謝ってもらうようなことは……」

ないんですが、と言いながら田宮は、昨日中に大阪に帰ると言っていた小池を気遣う問いをしかけてきた。

「それより時間、大丈夫ですか？」

「あっ」

小池は慌てて立ち上がると、「大丈夫やないです！」と玄関の方へと駆け出した。

「ここから駅までの道、わからないんじゃあ？」

田宮はそんな彼のあとを追い、

「環七でタクシー捕まえるといいでしょう。東京まで四千円くらいかな」

環七まで送りましょう、と親切にもそう言って小池と一緒にアパートを出た。

「すみません」

朝から何度目かもわからない『すみません』を繰り返した小池は、そういえば、と思いつき、自分の前に立って歩き始めた田宮の背中へと声をかけた。

「あの、高梨警視は？」

「もう署に戻りました」

田宮が振り返り、少し困ったような顔で微笑んでみせる。

「え？　もう？」

驚いて小池は大声を上げてしまったのだったが、田宮は足早に先を急ぐだけで答えようとせず、車通りの多い三車線の大通りまで小池を送ってくれただけでなく、タクシーまで停めてくれ、小池を乗り込ませた。

「それじゃ」

腫れぼったい目で微笑む田宮に、

「ほんま、すみませんでした」

小池は再び頭を下げたあと、『東京駅』と運転手に告げ窓を閉めた。田宮の様子に後ろ髪引かれる思いはしていたのだが、今は何より一刻も早く帰阪することだと気持ちを切り替える。

「何分くらいかかりますかね」

そう聞きながらも、つい後ろを振り返った小池は、田宮の姿がもうなかったことにほっとしつつも一抹《いちまつ》の寂しさを覚え、ぼんやりと彼の腫れた目と切れた唇を思い出した。

「……分くらいですかねえ」

お陰で運転手の答えを聞き損ねたことに気づいて、小池はこれじゃあいけない、と改めて気持ちを引き締め直すと再び運転手に時間を尋ね、疾走するタクシーの中、大阪で自分が為《な》すべきことへと意識を集中させていった。

6

事件が思わぬ展開を見せたのは小池が帰阪したその日の午後だった。四谷の事件の被害者、加藤美佐子の恋人である友永の同僚に最近大阪へ転勤になった男がいるのだが、慣れない大阪生活で鬱《うつ》病気味であるという。

三橋《みつはし》というその男の同僚から「なんだか様子がおかしい」という話をちらと聞き込んできた藤本は、何かピンと来るものがあったのだろう、小池と二人して彼の周辺を密かに洗い始めた。

ちょうど四谷の事件があったときには三橋は東京に出張していたらしい。大阪での三件の事件の夜のアリバイもなかった。もともと神経質な男だったらしいが、最近ではとみにその『潔癖症』が激しく外に現れているらしく、社内の噂話の話題に上るほどだった。

これといった決め手はないのだが、と小池が高梨に連絡を入れると、高梨はすぐさま四谷署に渡りをつけ友永から彼との間柄について聞き込んだ。友永によると、三橋の大阪赴任が決まる前までは同じ部でもあるし歳《とし》も近いしで結構交流もあったのだが、転勤が決まってからは没交渉なのだという。

その理由というのが、どうやら東京生まれ東京育ちの三橋は大阪転勤を酷く嫌がっていたようで、上司からこの転勤は自分か友永かという選択だったと聞いたらしく、『お前はいいよな。東京にいられてさ』『俺が貧乏籤《くじ》引かされたんだよな』とことあるごとに友永に絡んできたのを疎ましく思ったから、ということらしかった。

大阪赴任後も暫く恨み言のようなメールがたまに来たらしいが、無視しているうちに来なくなってほっとしていた、と友永は眉を顰め話してくれたのだったが、話が事件に及ぶと、

「そんな度胸のあるヤツには見えなかったですがねえ」

と首を傾げていた。小心者で神経質で、ただ言われたことは言われた通り、期日も守ってきっちりやり遂げる、というところで、社内でもある程度の評価は得ていたらしい。

彼に『お前か友永か、どちらかが転勤するはずだった』と告げたという上司にも話を聞きにいったが、上司ははっきりと友永の名前を出したわけではなく、あまりに三橋が『どうして自分なのだ』『どうして大阪に行かなければならないのか』としつこく聞いてきたので、部内で他に候補もいたが、先方から是非お前を、と推《お》されたのでお前になった、とはっぱをかける意味でそう言っただけだった、と溜め息をつき、大阪で殆どノイローゼになっているという話は聞いているので東京に戻さなければならなくなるかもしれない、と顔を顰めていた。

四谷署では大阪から送られてきた三橋の写真を持って現場周辺の聞き込みを再開し、大阪

は大阪でやはり現場近辺で彼を目撃したものはいないか聞き込みながら、唯一の犯人の遺留品である花の入手先、市内の花屋にも三橋の写真を提示し聞き込みを続けた。

四谷署の旭警部からと、大阪の藤本から、それぞれ報告を受けた高梨は、確証はないながら三橋が一連の事件の犯人ではないかという手応えを感じていた。大阪は先走り気味で、三橋に任意で話を聞きたいと思っていると言ってきたのだが、高梨は暫し待つように、と返答した。

確かにこの手のタイプは強く押せば吐くかもしれない。が、四件もの殺人を犯している今、三橋の逆切れが心配でもあったし、起訴出来たとして何一つ物証がないことがネックにもなっていた。

自白のみで起訴に持ちこんだ場合、あとから犯行を否認されでもしたら、証拠もないのに起訴したのか、という話になってくる。気長な話かもしれないが、高梨としてはこのまま三橋を張りつづけ、何か彼がボロを出すのを待つのが得策ではないか、と考えていた。

それより前に、四谷の方で何か三橋の足跡が見つかればよいが、と溜め息をついた高梨は、硝子《ガラス》窓に映る自分の姿にふと気づき、乱れた髪をかき上げる。

昨夜――殆ど強姦のようにして田宮を抱いてしまってから、彼が泣き止《や》むまでずっとその身体を抱き締め続けていた。どうしてあのような行動に出てしまったのか、今になってみても高梨には自分にも説明がつかない。

少しずつ澱《おり》のように積み重なっていったのは嫉妬だったのか――。納の世話をやく田宮に、小池に『ね』と微笑みかけた彼に、それほどやりきれない思いを抱いたわけではなかった、と思う。だが風呂から上がった途端目に飛び込んできた、田宮の膝を枕に寝転ぶ小池の姿に、あれほどまでに激昂《げっこう》してしまったのは、やはりそれまでにふつふつと胸に滾っていた、『嫉妬』ゆえなのだろう。

泣かせてしまった――大切にしたいのに、この世の全ての災厄から彼を守りたいと思っているのに、何故自分は彼を傷つけるような行為に及んでしまったのだろうか。彼が以前強姦され、傷ついていたことを誰よりも自分は知っている筈なのに、何故嫌がる彼を無理矢理組み敷いてしまったのだろう。

高梨は大きく溜め息をつき、深夜を回って車通りも収まってきた外の道路を見やった。昨夜、あれから田宮を抱き上げてベッドへと運び、これから署に戻る、というと田宮はその腕を伸ばしてきて高梨の腕を摑み、自分の方へと引き寄せてきた。

「全然寝てないじゃないか」

「……大丈夫やて」

涙の痕の残る彼の頰を見つめているのが辛《つら》くて、手を振り解こうとするのに、田宮は身体を起こすと益々強い力で高梨の腕を引くと、

「少しは休まなきゃ駄目だよ」

無理矢理高梨をベッドへと腰掛けさせる。

「ごろちゃん……」

あまりにも近いところにある彼の瞳に引き寄せられるように頬へと手を伸ばし、唇を寄せると、田宮の方から高梨へと唇を合わせてきた。

触れるくらいのキスのあと、田宮はすぐに唇を離し、無理やりのように微笑んでみせた。

「寝ようよ」

酷く傷ついたことを必死で押し隠そうとする彼の顔を、高梨は両手で包み込むと、

「ごめんな」

心からの謝罪の言葉を口にし、彼の手を解かせてベッドから立ち上がった。

「良平」

自分もベッドから降りようとする田宮に、高梨は「ごめん」ともう一度詫びるとベッドを離れ、シャツを出しにクローゼットへと向かう。

「良平」

服を着始めた高梨は、傍らに佇む田宮の顔を見ないようにしながら、

「ほんま……何度謝っても謝り足りないんやけど、ほんま、今夜はごめんな」

謝罪の言葉を繰り返し、頭を下げると、手早く支度を終え、部屋を出て行こうとした。

「……どうしたんだよ」

玄関で靴を履く高梨の後ろに佇み、田宮が途方に暮れたようにぽつりと呟いてくる。

「……かんにん……今夜はなんだか自分を抑えられそうにないわ」

高梨は半身だけ振り返り、田宮に本心を告げた。これ以上傍にいると、涙も乾ききらぬ彼の身体を又も蹂躙《じゅうりん》してしまいそうになる己の気持ちを抑えきる自信がなかったのである。

「え……？」

田宮が背後で眉を顰めた気配を察しながら、高梨は、

「ごろちゃんを泣かせるなんて、僕は最低やね……」

頭、冷やして出直して来るわ、と微笑むと、戸惑ったような田宮の呼びかけを背に扉を閉め、アパートの階段を駆け下りたのだった。

「どうした？　辛気《しんき》臭い顔して」

ぽん、と背中を叩かれ、高梨は我に返った。

「課長」

再び額に乱れ落ちる髪をかき上げながら、高梨は「いや、なんでも」と笑うと、逆に、何か、と目で問い返した。

「お前がぼんやりするなんて珍しいからな」

金岡課長は欠伸《あくび》をしながら伸びをすると、

「どう思う？　やっぱりホシは三橋でキマリかねえ」

高梨が見ていたように窓の外へと目をやる。

「……おそらく」

高梨もつられて外を眺めながら、低い声で答え、頷いてみせた。

「突破口は……」

あるかねえ、と溜め息をつく課長に、

「次の犯行を待つ以外ないかもしれませんね」

やはり溜め息混じりに高梨が答えたそのとき、

「ああ、いらっしゃい」

背後で竹中の明るい声がしたかと思うと、高梨の眺める窓硝子に、あまりにも見覚えのある人影が映ったものだから、高梨は驚きに目を見開くと、勢いよく後ろを振り返った。

入口の近く、高梨の視線に気づいて真っ直ぐに彼の方を見つめてきたのは――田宮だった。

「ごろちゃん……」

小さく呟く高梨に、

「遅くにごめん」

田宮はいつものように、少し怒った顔をして小さく頭を下げる。

「……どないしたん?」

思わず駆け寄り彼の前に立った高梨に、田宮は紙袋を差し出してきた。

「着替え、持ってきた。残業になっちゃったもんで、こんな時間にごめんな」

ぶっきらぼうな口調でそう言って、田宮が高梨の手に紙袋を押し付ける。

「おおきに」

昨夜、結局飯も食わず、何も持たずに出てきてしまった自分を気遣ってくれたんだろう。もう深夜十二時を回る時間だというのに今まで会社に居たのだろうか、スーツ姿で鞄《かばん》を下げているところを見ると勤め先から直行してくれたらしい。高梨は渡された袋を開けてみた。下着のほかに白いビニールが入っていて、何？　と顔を上げると、

「たこ焼き。会社の近くで売ってたから」

田宮はぶすりと答えたあと、周囲に聞こえないような小さな声で、

「……下着、二日分しか持ってこなかったけど……」

と言って俯いた。

「ん？」

『けど』のあとが気になり、顔を覗き込んだ高梨に田宮が思い詰めたような顔を上げる。

「……帰って来るよな？」

「ごろちゃん……」

高梨は思わずその場で彼を抱き締めそうになってしまったが、周囲の視線が自分達に集中しているのに気づき「ちょっとええかな」と田宮の背に腕を回し、部屋の外へと促した。

「ごゆっくりぃ」

にやにやしながらからかう竹中の頭を高梨は力一杯叩き、廊下の向かいの、捜査本部の置かれている会議室へと彼を連れこみ、ドアを閉める。

「ごろちゃん」

灯《あか》りをつける間も惜しみ、高梨はドアの前で田宮の身体を力一杯抱き締めた。

「……なんだよ」

答えながら田宮が、彼の背中をぎゅっと抱き締め返してくる。高梨は少しだけ身体を離すと田宮の頬へと手をやり、そっと唇を重ねた。ついばむように唇を合わせるだけだったキスが次第に激しくなり、互いの口内を侵し合うようになっても、尚唇を重ねつづける。

高梨の背後でバタン、という音がし、田宮が持っていた鞄を床に落としたのがわかったが、二人ともくちづけをやめようとはせず、互いの身体を抱き締める腕に更に力を籠《こ》め、きつくきつく抱き合った。

だんだんと息苦しくなってきたのか、田宮が唇を離そうとするのを追いかけその唇を塞ぎ、流れる唾液《だえき》を舐《な》め取るように舌を這《は》わせると、田宮が閉じていた目を開け、高梨を見て微笑むようにその目を細めた。

「……ごろちゃん……」

窓から入る街の明かりに照らされた田宮の顔が、暗闇の中に白く浮かび上がって見える。

「……いい加減戻らないと……二人して何やってたかと思われる」

田宮は微笑みそう言うと、言葉とは裏腹にぎゅっと高梨の背を抱き締めてきた。

「……どない思われてもええわ」

高梨も笑って田宮の背を抱き締め返し、再び二人は激しく唇を合わせ始めた。互いの雄の熱さをあわせた下半身に感じつつ、キスだけではもどかしく思う自分を誤魔化《ごまか》すように、いつまでもいつまでも唇を重ね続けることがだんだん可笑しくなってきたのか、田宮はくすりと笑いながら唇を離すと、

「……キリがないな」

と高梨を真っ直ぐに見上げた。

「……ごろちゃん」

彼の瞳の星と、唾液で濡れた唇の輝きがあまりに艶かしくて、高梨は再びその唇を塞ぎたくなる誘惑を退ける。

「なに？」

そうして首を傾げる田宮の背を抱く手に力を籠めると、高梨は蠱惑的《こわくてき》な彼の瞳を覗き込み、囁くような声で尋ねた。

「……怒ってへんの？」

「……怒ってるといえば怒ってる」

田宮の答えに、やはり、と再び謝罪の言葉を口にしようとした高梨に向かって田宮は、

「飯も食わずに帰って……あれから殆ど寝てないんじゃないか？　目の下、隈が出来てるし」

駄目じゃないか、と彼を睨みながらもその背を抱き締め返してきた。

「……かんにん」

高梨は田宮と額を合わせ、小さな声で詫びる。田宮は決して昨日の自分の行為を責めようとしない——その気遣いが逆に高梨に尽きせぬ程の罪の意識を覚えさせ、再びその背を力いっぱい抱き締めると、田宮の耳もとで熱く囁いた。

「ほんま……ごめんな」

「良平……」

田宮がそんな高梨の背を抱き締め返しながら、彼の名を静かに呼ぶ。

「……僕はほんま……心の狭い人間なんや」

その声の優しさに勇気を得たように、高梨は田宮を抱き締めたまま、ぽつぽつと胸の内を話し始めた。

「……こうしてごろちゃんをこの手に抱き締めとるだけでも充分幸せに思わなならんのに、どんどん欲張りになってしもて、ごろちゃんを独り占めにしたいなんて思うてしまっとるんや」

「…………」

田宮が何か言おうとして身体を離しかけたのを、高梨は更に強い力で抱き締め制すると、

「……やきもちばっかり妬いてもうて、我ながらあほやと思う。ごろちゃんにも呆れられとるとわかっとるのに、ほんま……ごめんな」

そう言い、彼の肩に顔を埋めた。

「……馬鹿」

田宮が高梨のシャツの背中を摑み、自分から少し身体を離す。

「……ほんま、ごめん」

高梨が囁くのに、田宮は少し怒ったような顔になると、

「……違うよ」

ぼそりと呟き、ふいと視線を逸らせた。

「え？」

何が違うというのだろう、と高梨が彼の顔を覗き込むようにして、視線の先を追いかける。

「……俺はもう……良平だけのものだよ」

田宮は頰に朱を走らせながらぶっきらぼうにそう言うと、嬉しすぎる驚きに目を見開いた高梨の腕の中からするりと抜け出し「それじゃ、ウチで待ってるから」と言ってドアノブへと手をかけた。

「ごろちゃん」

高梨が田宮を背中からぎゅっと抱き締める。

「帰る」

照れているあまりに無愛想に言い捨てる彼の身体を力いっぱい抱き締めながら、高梨は自分の心がなんともいえない温かい気持ちに満たされていくのを感じていた。

「……待っててや」

高梨は彼を抱く手に力を込めると、

「愛してるよ」

紅潮して熱を持っている彼の耳元に唇を寄せて囁き、最後にぎゅっと身体を抱き締めてから腕を解いた。

「……うん」

田宮は微笑み頷くと、赤い顔のまま扉を開ける。と、扉の外、ドアに耳を寄せていたらしい竹中や山田が飛びのいたものだから、

「なっ⁇」

田宮は心底驚いた声を上げ、彼らと、まだ室内にいた高梨をかわるがわるに見やったあと、それこそ耳まで真っ赤になった。

「なにやってんだよ？」

「聞こえません、ぜんっぜん、聞こえませんでした」

怒声を張り上げた田宮と、啞然としている高梨に、竹中がぶんぶんと首を横に振ってみせる。

「ほんと、最後の『愛してる』しか聞こえませんでした」

山田がぽろっと漏らしたのに、

「しっかり聞いとるやないか」

高梨が鬼の形相で彼らの方へと歩み寄った。

「マジマジ、ほんっと、それしか聞いてませんって」

泡を食って逃げ出す彼らを「待たんかい」と追いかける高梨の耳に、羞恥に耐えられず廊下を駆け出してゆく田宮の足音が響いた。慌ててその方を振り返り、

「ごろちゃん、愛してるよ!!」

と高梨が叫ぶ。

「馬鹿じゃないか！」

田宮は振り返りもせず叫び返し、そのまま走り去っていってしまった。

「……部屋の外でも言ってるじゃんなあ」

ぼそ、と竹中が山田に囁いた声に、ぴくり、と高梨は眉を上げて反応を示す。

「お前らなあ……」

再び怒気も露わに高梨は、

「すみませんっ！　うそです！」

「もうしませんって」

と逃げ惑う彼らを追いかけ始めた。

「お前ら、いい加減にしとけよ」

金岡課長の呆れ声がこの鬼ごっこを制し、高梨は二人の頭を力一杯叩いて溜飲《りゅういん》を下げると、捜査会議を開くため会議室に戻る。

皆して再び事件について各自の意見を述べはじめる中、我ながら現金だとは思いつつ、先程までとらわれていた鬱々とした気持ちからすっかり抜け出している自分に苦笑しそうになりながらも、高梨は一日も早く田宮のもとへ戻る為にもと、犯人逮捕の打開策をより一層真剣に考え始めた。

7

それから二日、三橋は動かなかった。彼が勝手に恨みに思っていたらしい同僚の友永の婚約者を殺したことで、犯行を打ち止めにするのではないか、という意見も出たが、高梨はその考えには否定的だった。

犯行の間隔が段々と短くなっていることからも、三橋は最早この殺人を『怨恨』からではなく、鬱積《うっせき》した様々な思いを昇華するその手段として犯しているのではないかと考えた為である。

四谷の事件から一週間経った今日明日にでも三橋は動く、と高梨は確信に近い思いを胸に、彼の張り込みを続けている大阪からの連絡を待っていた。

新大久保の事件の方は、四谷署と新宿署の連携のもと、解決に向けて急速な展開を見せていた。第一発見者のホステスの店に出入りしている客の中に、被害者のフィリピン人ホステスの馴染みの客がおり、調べてゆくうちに帰化したいと願うそのホステスに結婚を迫られ、既婚の彼はほとほと困り果てていたらしいことがわかったのだ。任意で署へと呼ぶとあっけないほど簡単に男は落ちた。

「サメさんが松葉杖振り回して脅かしましたからね」

橋本は笑っていたが、実情は翠龍会が先にその男の存在に気づいて脅しをかけていたそうで、それから逃れるためにも、とさっさと自白してしまったらしい。

「たまには奴らも役にたつもんだな」

暴力団に脅され多額の金を巻き上げられたり、悪くすれば殺されてしまいかねないことに比べれば確かに刑務所に入ったほうがマシだと思ったんだろう、と金岡課長は苦笑していたが、どこから見ても平凡なサラリーマンにしか見えないその中年男が、納に『自分のやったことがわかってるのか』と恫喝《どうかつ》され、初めてことの重大さに気づいて震え出した、という話を聞くと、

「本当に、最近はどうなっちゃってるのかねえ」

と世情を愁い、溜め息をついた。

「時代なんですかねえ」

竹中は相槌をうちながらも、

「しかしさすが、納さんですね。新宿鮫健在だ」

話をそちらへと切り替える。

「ほんま、脅威の回復力や。サメや無《の》うてバケモンやね」

高梨も一緒になって笑ったあとに、

「あとは四谷や。気ぃ引き締めて行こうな」

犯人逮捕に向け、皆で決意を新たにいこう、と刑事たちに呼びかけたそのとき、山田の興奮した声が室内に響き渡った。

「警視、大阪から連絡入りました。三橋が今日、花屋でガーベラの花束を買ったそうです」

「なんやて？」

高梨をはじめ、室内にいた皆が受話器を持つ彼の周りへと詰めかける。電話をかわってくれ、と高梨は彼から受話器を受け取ると、「もしもし？」と呼びかけた。

『あ、お疲れ様です』

連絡を入れてくれたのは小池で、電話に出たのが高梨とわかったらしく、短く挨拶したあと、きびきびした口調で状況を説明し始めた。

『今、三橋は会社の単身赴任者寮へと戻りました。このまま張り込みます』

「……今までの事例から言うと、今夜は動かんかもしれませんが、為念《ためねん》緊急配備を組んだ方がええかもしれませんね」

今まで遺体に残されていた花は購入してから一日、乃至《ないし》数日経ったものだった。花からアシがつくのを怖れたのだろう。犯人の狙いどおり、未《いま》だに花屋からは何の情報も得られていない。ふと思いつき、今回、三橋が花束を購入した花屋に話を聞いたか、と尋ねると、

『店員に確かめましたが特に印象に残ってない、とのことでした。家からも職場からも離れ

ていますし、多分初めての店ではないかと思われます。この花屋に寄るためにヤツは遠回りして今日は帰宅したようです』

小池は淀みなく答え、今夜から徹底的に張り込みますと頼もしい声で告げた。

「いよいよ、ですな」

頑張りましょう、という高梨の呼びかけに、

『ほんま、頑張りますわ』

と力強く答えた小池だったが、それじゃあ、と高梨が電話を切ろうとすると、何か言いたげに声をかけてきた。

『あの……』

「はい？」

以前も事件の報告が彼からあった際、小池が何かを言いかけたことがあったのだが、高梨が問い返すと、なんでもない、と非礼を詫びて小池は電話を切った。果たして今回も小池は一瞬何かを言いかけたあと、

『いえ、失礼しました』

早口で詫び、それではまた連絡します、と言って電話を切ってしまった。

「なんだって？」

金岡課長が高梨へと声をかけ、皆の視線が自分に集まる中、高梨は電話で聞いたことをざ

っと説明した。

「……やっぱり動きましたね」

もう二日は家に帰っていないだろう山田が目を輝かせ疲れた顔に生気を取り戻す。

「まだわからんよ」

高梨は笑って彼を窘《たしな》めはしたが、実際自分の中にもことが起こる前に常に感じるあの緊張感が昂まっていく感覚を得、武者震いしつつ皆と目を合わせて頷き合った。

「……明日か、明後日か……」

まあそんなところだろう、と言う金岡課長に相槌を打ちながら、高梨はふと、小池が何を言いかけ、止めたのかと考え——わかるような気がするだけに、なんともいえない思いを胸にその考えを頭の隅へと追いやった。

小池はきっと、田宮のことを尋ねたかったのだろう。納にしろ、小池にしろ、彼らが田宮の姿を追うその視線の中に自分と同じ色を高梨は見ていた。

田宮自身は無自覚なだけに、彼らに向ける笑顔や、思いやり溢れる態度がいかに彼らを捉え、自分にジェラシーを感じさせているか、それを本人に知らしめることはできないのがなんともいえずもどかしい。

嫉妬に身を焼く自身の醜さを許してくれた田宮に、これ以上甘えるわけにはいかないと、頭ではわかっているはずなのに、またも小池に対しジェラシーを感じつつある自分に高梨は

苦笑すると、

「どうしました？」

黙り込んだことを訝り、顔を覗き込んできた竹中に「なんでもないわ」と笑って答え、再び、

「いよいよやね」

と力強く頷き、周囲を見渡したのだった。


翌日も三橋はいつもどおり出社したと大阪から連絡があった。大阪が功を焦《あせ》らず彼が動き出すのを待っていてくれているのは、高梨の依頼によるところが大きい。

現場を押さえること、次のターゲットとして彼が狙っている女性の家に侵入した時点で踏み込む、という捜査指針が徹底されているのは有難かった。

大阪では昨日から捜査員を倍に増やし、逃走を危惧《きぐ》して検問の準備までしているらしい。

高梨たちがじりじりと三橋の動きを待っている間に、四谷署から朗報が入った。三橋が黄色い薔薇を買った花屋が特定できたのである。

三橋は黄色い薔薇だけでなく、色々な花を混ぜて女性向けに花束を作らせたらしい。落ち

着きのない素振りだった上に、季節はずれの手袋をしていたのが店員の印象に残っていた。

試しに昨日彼が花を買った店でも手袋のことを聞いてみると、確かに薄手の黒い手袋をしていた男がいたという。

「やりすぎやがな」

指紋を残すことを怖れたのだろうか、と高梨は苦笑しながらも、いよいよ三橋を追い込みつつある実感を高めていった。

午後六時、三橋は会社を出ると真っ直ぐ単身赴任者寮へと戻ったらしい。が、高梨には今夜彼が動くような予感があった。一度家に帰って準備をし、それから犯行へと向かう——深夜すぎに彼は行動を開始するに違いない、という高梨の読みは当たった。深夜一時過ぎに、小池から「今、寮を出た」という連絡が入ったのである。

移動手段は自転車らしかった。繊維が落ちることのないナイロンのスウェットの上下を着用し、大きめの鞄を下げて自転車を漕ぎ出した三橋のあとを小池たちはこっそりとつけ始めた。

三十分ほど走った先、住宅街の一角に自転車を止め、それから徒歩で十分ほど歩いて、目星をつけていたらしいアパートの一階の角部屋へと侵入しようとしたところを、藤本、小池で家宅侵入の現行犯として逮捕した。

いきなり後ろから大声で名を呼ばれ、ぎょっとしたように立ちすくんだ彼はナイロンの帽子をぴっちりと被って髪を覆い、ピッキングの用具を持った手には手術用の手袋を嵌《は》めていた。

押収した鞄の中には昨日購入したガーベラの花が一輪と、電池式のハンドクリーナー、化学雑巾《ぞうきん》などが入っており、署で身体検査をしたところ頭髪以外の体毛が——勿論陰毛も含めて——綺麗に、一本残らず剃《そ》られていたという。

所持品と身体検査の結果を突きつけられ、三橋は数時間黙秘を続けた後に、犯行を自供した。取り調べにあたったのは藤本と小池で、『オトシの藤本』の本領発揮だったと国松課長が笑いながら金岡課長へと報告してきたのに、捜査一課の面々は「やったな」と互いの肩を叩き合った。

「なんでそないなこと、したんや」

それこそカツ丼は出なかったらしいが、まず大阪赴任になった愚痴を一から聞いてやった藤本が三橋に尋ねると、

「関西弁……やめてもらえませんか」

ぼそりと三橋は答えたのだそうだ。

「なんやて？」

腹立たしさのあまり小池が胸倉を摑み上げると、三橋は暴れながら泣き叫んだという。

「大阪なんて……大阪なんて、本当に僕には我慢できないんだ」

「……そない悪いところやないんやけどなあ」

藤本は苦笑したものの、

「それじゃ、どうしてそんなことをしたのか、話してもらえますか？」

無理矢理の標準語でそう話しかけ、三橋の肩を叩いた。

「……どうして……」

三橋は途方にくれた顔になり藤本を見たあと、救いを求めるような目を向けてきたらしい。

「どうしてなんでしょう……」

「アホか、オノレは」

またも小池が胸倉を摑みかけるのを「やめんかい」と藤本は制し、また三橋の方へと顔を向け笑顔で話しかけた。

「東京はそない……いや、そんなにいいところなんですか？」

「ええ……」

三橋は頷いたが、

「東京が大阪よりええところって、どんなところなんですかね」

藤本がにこにこと笑いながら問いかけると、やがて彼は肩を震わせはじめ、机に突っ伏して泣き出した。

「……どこ……なんでしょう……東京は……いいところだと思ってたのに……今、どんなに考えてもそのよさを思い出せないんです」

あんなに帰りたかったのに、なぜ帰りたかったのか、まるで今はわからなくなっているんです、と泣きじゃくる三橋を、小池は馬鹿にしたような目で見ていたのだが、藤本は優しい目でそんな彼を見つめながら、それは静かな柔らかな声で、

「東京もええところや思いますよ。わしにとっては大阪もええとこや。人間住み慣れたところが一番っちゅうやつでしょうかねえ」

そう話しかけ、彼の肩をまたぽんぽんと叩いてやる。と、三橋は再び机に突っ伏して号泣したあと、ぽつぽつと犯行を自供し始めたのだそうだ。

『四谷の事件も吐きました。やはり殺人を重ねていくにつれ、ヤツの中で『やらなければならない』という義務感のようなものが芽生えてきてしまったのだそうです。久々に東京に出て興奮してしまったこともあり東京でも事件を起こしたくなった。誰を殺そう、と考えたとき、転勤して間もない頃に自分のかわりに東京に残った——と彼が思い込んでいた友永に嫌がらせをしようとその周辺を色々調べていたそうで、友永の恋人が一人暮らしをしていたことを思い出し、彼女を狙ったと言っていました。ガイシャに花を咥えさせたのは、死者に花を手向《たむ》けたかったからだとふざけたことを言っていましたが、あの分だと精神鑑定にもちこまれるやもしれません』

詳細を伝える電話をしてきたのは小池だった。旭警部にこの旨お伝え頂けますか、という

彼に高梨は、

「ええけど、小池さんから伝えられた方がきっと喜びますよ」

と笑い、「ほんま、お疲れ様でした」と受話器の向こうの彼の労を、心からねぎらったのだった。


こうして四谷のＯＬ殺害が発覚して九日目に犯人は無事逮捕され、事件は解決した。打ち上げの意味をこめて署内で軽くグラスを合わせたあと、それぞれが暖かな家庭の灯りを求めて久し振りの帰路につく中、高梨も逸《はや》る心を抑えつつ田宮のアパートへと戻り、ドアチャイムを押した。が、中からは何も応答がない。

電話を入れるのももどかしく帰ってきてしまったが、田宮も会社がちょうど忙しい時期で残業をしているのかもしれない。合鍵でドアを開けて真っ暗な室内に入り綺麗に片付いた居間にごろりと横たわると、高梨は大きく伸びをした。

疲労がピークに達していたところに打ち上げのビールを勧められるままに飲んでしまった為に、寝転がると一気に眠気が襲ってきて、風呂でも入ろうか、と思っていた筈であるのに起き上がるのも億劫になり、その場で己の身体を抱くようにして、いつのまにか眠ってしまったらしい。

「良平？」

どのくらい時間が経ったのだろう。不意についた部屋の灯りの眩《まぶ》しさに高梨は目をしばたたかせながら自分の名を呼ぶ彼を——誰より愛しい恋人の姿を見出《みいだ》し、我ながら寝ぼけた声を出した。

「……ただいま」

「おかえり」

田宮はスーツ姿だった。今帰ったところなのだろうか。普通なら「ただいま」というのはあとから帰った彼のはずなのに、と高梨は今更のように気づき、

「おかえり」

と田宮に笑いかけながら、身体を起こそうとした。

「……ただいま」

田宮も笑うと、そんな高梨の動きを制するように彼の上へと伸《の》し掛かってきて、え？　と見上げた高梨の唇を自身の唇で塞いだ。

「…………」

ごろちゃん、と名を呼ぼうと口を開いたその隙間に田宮の舌が忍び込み、高梨の舌を求めるように激しく動きまわる。高梨は自分の身体の上にある田宮の背を抱き締めると、そのま

ま彼と身体を入れ替え、逆に彼を組み敷きながら唇を合わせ続けた。

高梨の背に回っていた田宮の手が前へと回り、唇を重ねたまま高梨のネクタイを解こうとする。しゅるりとタイを引き抜いたあと、ワイシャツのボタンを外そうとするのを、高梨はその手を握って制し、唇を離した。

「……なに？」

掠れた声で尋ね、自分を見上げてくる田宮の欲情に濡れた瞳に、思わず惹き込まれそうになりながら高梨は、

「……三日も風呂、入ってないんよ」

そう言い、身体を離そうとした。が、田宮はそんな彼の首へと腕を回すと自分の方へと力いっぱい引き寄せ、

「ごろちゃん」

驚いたように目を見開いた高梨の唇へと自分の唇を押し当ててきた。

「あかんよ」

慌てて身体を離そうとする高梨に、田宮は縋《すが》りつくようにしてその身体を抱き締めながら、

「……良平」

と名を囁いてくる。かちり、と二人の視線が合い、先に田宮が目を閉じたのが合図になったかのように、高梨は田宮の身体を床へと戻し、再び激しく唇を合わせ始めた。

互いで互いの服を脱がせ合い、それがもどかしくなると自分たちで起き上がって手早く服を脱ぎ捨てた。全裸になって再び抱き合い、唇を合わせながら互いの雄が痛いほどに猛っているのを擦り合わせ、先走りの液で互いの腹を濡らしてゆく。

田宮が薄く目を開き、高梨の身体の下で自ら脚を開いた。その太腿を高梨の手が捉え、更に大きく脚を開かせると、田宮は腰を持ち上げ高梨の背へと両脚を絡ませてきた。

高梨の手が田宮の後ろへと伸び、指を挿入すると、田宮は両手両脚で高梨の背をぎゅっと抱き締め、悦楽を堪えるような低い声を耳元で漏らした。

「……ごろちゃん……」

名を呼び、ぐるり、と中で指をかき回すと、田宮は己の雄を彼の腹へと擦りつけるように腰を動かしながら、早く、と身体でせがんできた。高梨自身にも既に焦らす余裕は残っておらず、そのまま少し身体を浮かせると熱く滾るそこへと己の雄をねじ込んでいった。

「……っ」

田宮が僅《わず》かに眉を顰め、声にならない叫びを上げる。ゆるゆると腰を動かすと、その動きに合わせて田宮も腰をぶつけてきた。だんだんと抜き差しのピッチが速まり、互いの息と鼓動が上がるのを合わせた身体越しに感じながら、まず田宮が高梨と自分の腹の間に精を吐き出し、直後に高梨が彼の中で達した。

激しい息の下、田宮が高梨の唇を求めるように腕を緩めて身体を離し、顔を見上げてくる。

「……ごろちゃん……」

合わせた身体から立ち昇る、いつもより濃く感じる自分の体臭を申し訳なく思いながらも、高梨は田宮の唾液で光る唇に引き寄せられるようにして己の唇を落とし、呼吸の合間を縫う激しいくちづけを与えはじめた。

田宮の手が、脚が、再び高梨の背をぎゅっと抱き締めてくる。汗ばむ肌が互いにその冷たさを感じる前に、またも彼らはぴったりとその身体を合わせ抱き締め合うと、幾日《いくにち》かの空白を埋めるかのように激しく互いを求め合ったのだった。


「……風呂、入ろうか」

互いに疲れ果て、ごろりと床に寝転びながら、自分を後ろから抱き込んでいた高梨を田宮が振り返り声をかける。

「……せやね」

高梨は答えながら、田宮の匂《にお》いを胸一杯に吸い込むように、彼の肩へと顔を埋め、深呼吸をした。

「……ごめん」

田宮がそんな高梨の胸へと身体を返し、小さな声で詫びてくる。

「……なにが？」

一体何を謝っているのか皆目見当がつかず、目を見開いた高梨に田宮は、

「……疲れて帰ってきたのに……ごめんな」

頬を染めながら、ぼそり、とそう言うと、怒ったような顔で高梨を見上げた。

「……電話、くれたらよかったのに……」

「気が急いてもうて、電話するの忘れた」

一刻も早く帰りたかってん、と笑いながら、高梨は「なんで？」と田宮に逆に問いかける。

「………メシだって作ってあげたかったし、それに……」

田宮はここで、言い淀むと、なに？　と顔を覗き込んだ高梨に向かって、ぶっきらぼうに言い捨てた。

「……心の準備だって出来ないじゃないか」

「ごろちゃん……」

ぎゅっと己の背を抱いてくる田宮の身体を、高梨も力いっぱい抱き締め、その頬に、髪に、瞼にキスの雨を降らせてゆく。

『心の準備』が出来ず、思わず激しく求めてしまったことを反省しているらしい、このあまりにもいじらしい恋人を、高梨はこの世の誰にも代え難い愛しさをもって抱き締め、決して

離すまいと己の心に誓う。

　そして、まるで同じ思いを抱いているかのように、田宮が自分の背を抱き締める手に力を籠めてくるのを何より嬉しいと感じながら、再び高梨は田宮の唇を塞ぎ、漏れ来る吐息の全てを己のものにしようと激しくくちづけていった。

「お疲れさん」

「お疲れ様でした」

室内で軽く『打ち上げ』と称しビールで乾杯したあと、藤本さんに誘われ、俺は彼と二人、いつもの屋台で飲み直す——といっても俺が飲んでいるのはウーロン茶だが——ことになった。

「さすがオトシの藤本や」

室内の皆に散々ビールを注《つ》がれた藤本さんはもう大分出来上がっているようで、真っ赤な顔で今は日本酒を飲んでいる。屋台の大将が見繕《みつくろ》ってくれたおでんを前に、俺は今日、あまりにも優しい目で犯人を見ていた藤本さんの顔をしみじみと眺めてしまった。

「なんや。気色悪い」

あはは、と笑いながら藤本さんが俺の肩を小突いてくる。

「いや……さすがは『オトシの藤本』やと思って」

俺が笑うと、藤本さんは、よさんかい、とつるりとその顔を撫でて照れたように笑った。

「ほんまはなあ、お前の手柄だっちゅうに、すまんなあ」

そして心底申し訳なさそうな顔になると、俺のコップに日本酒をどぼどぼと注いできた彼に、

「ああ、もう……藤本さん、酔うてはるでしょう」

俺はウーロン茶ですよ、と俺は大将にもう一杯ウーロン茶を貰ったが、今、藤本さんは何を言ったのだ、と思い返し、真っ赤な顔をした藤本さんに尋ねた。

「なんで？　なんで俺の手柄なんです？」

「なんでって、今回犯人の目星がついたんも、東京とうまいこと協力しあえたからやないか。四谷署の旭さんもお前には随分入れ込んでくれて、全面的に力ぁ貸してくれはったし、ほんま、そのおかげであの三橋を逮捕へと持ち込めたようなもんや」

藤本さんは身体をぐらぐらさせながらもそう言い、俺の肩を痛いくらいにばん、と叩くと、

「ほんま、ようやった。小池、ようやったぞ」

尚もばんばんと続けて俺の身体を叩きながら、本当に嬉しそうな顔をして笑った。

「そんなことないですよ」

全ては――高梨警視のおかげなのだと思う。藤本さんもきっとそのことはわかっているに違いない。もし、彼がいなければ俺はガキの使いのように東阪を往復しただけで終わってしまっていただろう。

東京出張が決まったとき、俺ははっきりいって憂鬱でしかなかった。面倒な、という気持ちと、東京モンなんぞに利用されたくはない、という憤りとに凝り固まっていて、苛々とした思いで東京駅に降り立った俺の気持ちを変えたのは、そんな俺を『仲間』として暖かく迎えてくれた高梨警視と、そして――。

「ないわけあるかい、ほんま小池、今回お前はようやった」

ばん、とまた藤本さんに背中を叩かれ、俺は意識を彼へと戻した。藤本さんは、ほんまに今日の酒は旨いわ、と笑いながら、しみじみといった感で喋り続けている。

「なんや今日の犯人が『大阪なんか嫌いだ』言うのを聞いとるうちに、お前が前に『東京なんかほんまに嫌いや』って言っとったの、思い出してもうてなあ……そのお前が、今回東京でほんまに頑張ってきたか思うと、なんかもう、えろう感慨深くて」

藤本さんは、そう言ったかと思うと急にくしゃくしゃと顔を歪め、

「ほんま……ようやった。ようやったで」

ぼろぼろ泣きながら、またも俺の腕をばんばんと、痛いくらいの強さで叩いた。

「……痛いっちゅうに」

藤本さんの涙につられて俺の胸も詰まる。泣きそうになるのを堪えるあまりに無愛想になった声で答えた俺の声など聞こえないように、藤本さんは流れる涙を掌《てのひら》で拭いながら、ぼそりと口を開いた。

「……こんな話、されても困る思うんやけどなあ」

そうして話してくれたのは藤本さんの息子さんの話だった。互いの家族の話など今までしたことがなかったことに、今更のように気づいた俺は、藤本さんが五年前に大学生の息子さんを亡くされていたということを少しも知らなかった。

交通事故だったらしい。オートバイが好きで、全国をツーリングで回っていた息子さんは居眠り運転のトラックの運転手にひっかけられ静岡で亡くなったのだそうだ。

「俺も親父《おやじ》と同じ警察官になりたい。バイクが好きやさかい、白バイ警官になる……そう言うとったんが、なんや、あまりにもあっけなく死んでもうて……」

藤本さんは息子さんのことを思い出したのか、うう、と唸り、両目をごしごしと拳《こぶし》で擦った。そんな彼を前に俺は口を挟むことも出来ず、必死で涙を堪えて見つめているしかなかった。

やがて落ち着いたのか、藤本さんは照れ臭そうに笑うと、すまんなあ、と言って俺を見た。

「歳が近いからっちゅうわけでもないんやろうけど、どうにもわしにはお前が息子のように思えて仕方がないんよ。えらい迷惑な話や思うんやけどなあ、そのお前が嫌いっちゅうとった東京であないにかわいがって貰《もろ》うて、立派に仕事やり遂げよって……なんやほんま、うれしゅうてうれしゅうて……あほみたいやなあ」

藤本さんはまたしきりに流れる涙を拳で擦りながら、

「ほんま、ようやった。ようやったで」

くしゃくしゃと顔を歪め、俺に笑ってみせた。俺はもう、涙を堪えることができなくなってしまって、藤本さんと同じく、拳で目を擦りながら、何も言えずにただただ彼の前で頭を下げていた。

「ようやった」

藤本さんの泣き笑いの声があたりに響くのを、何にも代え難い有難さを、気持ちの温かさを胸に、俺は涙を流し続けた。

「なんやすまんなあ……すっかり酔っ払ってしもうたわ」

暫く経ったあと、藤本さんがえへへ、と俺に笑いかけてきたとき、俺の涙ももうおさまっていたので、彼と顔を見合わせ、二人して照れ臭さに笑い合った。俺はそこで初めて彼に、自分の親の話をした。身寄りがもうない、ということは藤本さんも知っていたらしいが、母親の話をすると驚いたように目を見開いた。

「なんや、東京におるかもしれんのか」

「……生きとるか死んどるかもわからんのですけど」

そう言う俺の顔を覗き込み、藤本さんが尋ねる。

「捜そうとは思わんのか？」

「……今までは思ったことなんかなかったんやけど、なんや……生きとるんなら、会《お》うてみたくなった……っちゅうのは、おかしな話かな」

「そんなことあらへんよ」

藤本さんは大きく首を横に振ると、あまりにも優しい顔で微笑んだ。その顔は俺に死んだ父を思い出させ、再び涙がこみ上げてくるのを必死になって抑え込む。

「母親に会いたい思うんは、当たり前のことやがな。捜してみぃ。な、わしも手伝えることがあったら何でも手伝うよって」

な、と藤本さんが俺の肩を摑んで身体を揺すってくれた。

「……うん」

俺は流れ落ちる涙を手の甲で擦りながら、何度も何度も頷いた。

俺を温かく迎えてくれた東京で、あの杉並の街で、今、母も温かな思いに包まれて暮らしていることを祈りつつ――。

「なんや、飲んでもおらんのに」

泣くなんて、みっともないで、と、藤本さんががしがしと俺の頭を撫でてくれるその乱暴な手の感触に、亡き父を、叔母を、高梨警視の微笑を、そして思わず抱き締めてしまった彼の――田宮の瞳を思い出しながら、俺は今までにない優しい気持ちが自分の胸に広がってゆくその温かな感覚に身を委《ゆだ》ね、藤本さんの前で涙を流し続けた。

スーパーポジティブ

今まで挫折を知らない人生を送ってきたと人に言ったら、

「その程度で？」

と返され、思わず苦笑した。

井の中の蛙《かわず》大海を知らず――確かに広く世間に目を向ければ、私大理系院卒の自分より優秀な奴は数限りなくいるだろう。だからといってそれを『挫折』と思う必要はないと僕は思う。そのときそのときで、自分が最良の道を選んできたと心の底から思えるのなら、いくら自分より上を行く人がいてもそれは『挫折』ではない――というのが僕の持論だ。

人からはスーパーポジティブと呆《あき》れられるが、人生前向きに生きなくてどうする、と思う。後ろ向きに生きたところで、なんの得があるだろう。後悔ばかりの人生なんて、考えるだけで反吐《へど》が出る。

今まで生きてきた中で、正真正銘の馬鹿以外に、僕以上にポジティブにものを考える人間には出会ったことがなかった。だがここにきて僕は、もしかしたら自分以上に人生に対して前向きなんじゃないかという男に出会った。

それが――田宮《たみや》さんだ。

実際に本人に会うよりも前に、評判が耳に入ってきた。僕と田宮さんはそんな出会いをした。

かねてから営業に出たいという希望を出していた僕に幸運が舞い込んだのは、入社して三年目の春だった。その部署がかつて、メディアを騒がせた事件にかかわっていると知ったときにはまだ、僕には田宮さんに対する知識はなかった。

同期の仕事での成功を妬《ねた》み、ある若手社員がアシスタントのＯＬを殺害、その罪を、妬んでいた同期になすり付けようとした。警察の捜査線上に自分が浮かんだことを知り、同期を殺そうと腹を刺し、自分も頸動脈をかき切り自殺した——そんなセンセーショナルな事件は、当時毎日のようにワイドショーで報じられ、会社の前にもマスコミ連中が押し寄せてきたものだが、ひと月もしないうちに騒がれなくなった。

企業イメージを最悪にしたその事件については、皆が申し合わせたように何も喋《しゃべ》らず、社員同士が噂《うわさ》話のネタに上らせるのもちょっと、という風潮が社内にできあがっていたため、異動が決まってから僕が、先輩や上司に聞いても、誰一人として事件の概要を教えてくれる人間はいなかった。

それなら数字で見てやれ、と部のＰＬ（損益計算表）や予算表を見ると、その『妬まれた同期』が新規に開拓した案件は、その後部の主要ビジネスの一つとなり、多額の利益を上げている。

確かに『成功を妬む』同期がいたとしても不思議はないか、と納得はしたが、妬んだという同期の気持ちはまったく僕にはわからなかった。

妬む暇があったら、自分もそれ以上の商権を見つければいいだけのことだ。相手の足を引っ張ったところで、実力もない人間がかわりに成功を手にすることなどできるわけがないのである。

そんな当たり前のことがわからないなんて馬鹿だな、と思うと同時に僕は、そんな馬鹿の罠《わな》にはまった田宮さんというまだ見ぬ人物に、同情すらしていた。

僕が異動になってからも、田宮さんは長期療養を続けていた。腹をナイフで刺されたそうで、傷が癒《い》えるのに三ヶ月程度かかるらしく、出社は来月だと言われていた。

異動してみて驚いたのは、部員たちが結構頻繁に見舞いに訪れていることだった。理由を聞くと、皆、一様に目を泳がせたが、どうやら事件当初は田宮さんが犯人と思われ、皆冷たい対応をしていたという、その罪滅ぼしのためらしい。

「そうだ、富岡《とみおか》。お前も異動の挨拶《あいさつ》まだだろ？　今日、一緒に見舞いに行かないか？」

隣の課の先輩、面倒見のいいことで評判の杉本《すぎもと》さんにそう誘われたとき、正直僕はカンベンしてほしいと思ったのだが、まだ移ってきたばかりだというのに断るのも印象悪いかと考え、誘いに乗ることにした。

その日、見舞いに訪れたのは部の若手五人だった。皆、仕方なく行っているのかと思っていたが、実際彼らは楽しそうで、事情がわからない僕一人だけがやけに浮いてしまっていた。

病院に到着すると杉本さんを始め皆は、さすが慣れているとばかりに看護師に挨拶し病室へと向かっていく。僕も慌てて彼らのあとを追い、田宮さんの病室——なんと個室だった

——へと入った。

「おう、田宮、元気か？」

杉本さんは田宮さんとは同じ課で特別仲がいいらしい。その彼が笑顔で歩み寄った先、ベッドを起こして背もたれにし、そこに寄りかかって本を読んでいた男の顔が僕の視界に飛び込んできた。

「あ、杉本さん、いつもすみません」

ぺこ、と頭を下げてきた男は、どう見ても僕より年下のようだった。チェックのパジャマを着ているためか、下手《へた》したら学生にも見える幼さだ。

可愛い、という言葉と共に、僕の頭の中にポンッと、『綺麗《きれい》』という形容詞が浮かぶ。男の顔に綺麗、などという感想を抱《いだ》く自分に戸惑《とまど》いを覚えていた僕は、「おい、富岡」と杉本さんに名を呼ばれ、はっとして顔を上げた。

「はい？」

「田宮、紹介するよ。今月一日にウチの部に異動になった富岡だ。富岡、田宮だ。お前より、ええと、四年先輩だ」

「ええ!?」

僕は院卒なので、年齢にしたら二つしか変わらないことになるが、この『可愛い』先輩が三十路《みそじ》直前ということに驚き、思わず僕は声を上げてしまったのだが、田宮さんは僕の驚き

などまるで気にしていないふうに、

「よろしく」

と言うと、にこ、と微笑《ほほえ》みかけてきた。

可愛い——またも僕はその笑顔に見惚《みと》れそうになり、我に返ってどういうことだ、と首を傾《かし》げた。

今まで男相手に『可愛い』だの『綺麗』だの思ったことがなかっただけに、動揺していた僕は、田宮さんへの挨拶が遅れてしまった。

「おい、富岡、どうした」

その上杉本さんに不審そうに眉《まゆ》を顰《ひそ》められてしまっては、更に動揺してしまい、気づいたときには、自分でもとんでもないとしか思えない言葉を口走っていた。

「あの、結局田宮さんが巻き込まれた事件って、どういうモンだったんですか」

「おい!?」

杉本さんが、そして他の先輩社員たちもまた、ぎょっとした顔になり、病室内に緊張が走る。

「お前、いきなり何言い出すんだよ」

慌てた声を上げた杉本さんの横では、田宮さんが唖然《あぜん》とした顔で僕を見ている。小さな彼の白皙《はくせき》の顔が、ますます白くなっていくさまを前に、なぜか僕の言葉は止まらなくなっていた。

「だって誰も教えてくれないじゃないですか。世間をあれだけ騒がせたっていうのに、部署が違うだけで僕の耳には、真相がまったく入ってこなかった。気にならないわけないじゃないですか」

「よせよ、富岡。それ聞いてどうするんだ」

杉本さんが、今まで見たこともない恐ろしい顔で僕を睨《にら》みつける。杉本さんだけじゃない、他の先輩達も皆、憎々しげに僕を睨む中、一人白い顔をした田宮さんだけが、にこ、と笑いかけてきた。

「……悪いけど、話したくない」

ごめんな、と小さな声でそう言い、ぺこ、と頭を下げた田宮さんは、なんだか泣きそうな顔をしていた。思わずその顔を凝視しそうになった僕の前に杉本さんが立ちはだかる。

「富岡、ちょっといいか」

「え」

杉本さんは僕の腕を摑《つか》むと、そのまま僕をドアへと引き摺《ず》っていった。

「杉本さん、いいですよ」

田宮さんの声を背に、杉本さんは無言で僕を連れてドアを出て、エレベーターホールまで僕を引っ張っていくと、

「あのなあ」

と僕を睨んだ。

「……なんですか」

場の空気を読めと言いたいんだろうが、もとはといえば知りたいと思っている僕に対し、知らんぷりを決め込んでいたソッチにだって責任はあるだろう、と杉本さんを睨み返す。僕らは暫《しばら》くお互い睨み合っていたが、先に目を逸《そ》らしたのは杉本さんだった。

「……頼むから田宮には、例の事件の話題を振らないでやってもらえないか」

てっきり怒られるのかと思っていたのに、杉本さんの口調が懇願モードだったことに戸惑いを覚え、僕は「え？」と思わず問い返してしまった。

「……犯人、田宮の学生時代からの親友だったんだよ。あいつ、未《いま》だにそのことから立ち直れてないみたいでさ」

「………………」

話す杉本さんの顔は、酷《ひど》く辛《つら》そうだった。僕の脳裏には先ほど見たばかりの、今にも泣きそうな表情をしていた田宮さんの白い小さな顔が浮かんでいた。

「人の心の痛みをわかってやれ」

杉本さんはそう言うと、ぽん、と僕の肩を叩《たた》き病室へと戻っていった。僕は彼のあとを追うことも憚《はばか》られ、そのまま一人で家に帰ったのだが、なぜか田宮さんの泣きそうな顔はずっと頭に残っていた。

帰り際、ナースステーションで看護師とにこやかに話している関西弁の男を見た。

「本当に毎日、ご苦労さま」

看護師長と思《おぼ》しき年配の女性にそう言われ、「いやあ」と照れている男の顔は、滅多に見ないほどに整っていたが、僕が注目したのはそこで繰り広げられていた会話のせいだった。

「しかも会社の人が来てるからって、お見舞い遠慮するだなんて、奥ゆかしいわ」

「あはは、奥ゆかしいんやないけど、そしたら面会終了時間、延ばしてもらえへんやろか」

「それは駄目よ」

「キッツいなあ」

男の言葉に看護師たちが一斉に笑う。『会社の人が来ている』入院患者は田宮さんだけじゃないだろうと思い直し、僕はその場を立ち去ったのだが、なぜかそのやたらと顔立ちの整った関西弁の男のことも、酷く印象に残っていた。

田宮さんが復帰したのは、それから一ヶ月後だった。その後も皆は、田宮さんの見舞いに行っていたようだが、初回の印象が悪すぎたのか、誰一人として僕に『行こう』と声をかけてくる人間はいなかった。

復帰してすぐだからか、田宮さんには定時で帰れるような簡単な仕事が振られ、彼の仕事のカバーを同じ課の人間達が請け負っていた。

田宮さん復帰の初日は、『フィーバー』としかいいようがなかった。入れ替わり立ち替わり、皆が田宮さんに会いに来る。

「田宮、大丈夫か？」

「あまり無理すんなよ？」

「D社との商権、なかなかいい動き見せてるぞ。レポートにまとめるから、ちょっと待ってろ」

総務も経理も人事も審査も、老若男女、数え切れない人間が田宮さんの許《もと》を訪れた。

「すみません、本当に」

「ありがとうございます。助かります」

「ありがとな。大丈夫だよ」

その一人一人に対し、田宮さんは実に心のこもった対応をしており、退院明けなのによく疲れないよなあと、僕を感心させていた。

実は田宮さんの『気遣い』は既に、僕にも発揮されていた。出社してすぐ彼は僕の所に歩み寄ってくると、それは真面目《まじめ》な顔をし、

「申し訳なかった」

と謝ってきたのだ。

「はい？」

何が申し訳なかったのかと問い返すと、田宮さんは本当に申し訳なさそうにこんなことを言い出した。

「せっかく見舞いに来てくれたのに、嫌な思いをさせて悪かった」

「嫌な思い？」

また問い返してしまったのは、一つも心当たりがなかったからだったのだが、田宮さんが言い淀《よど》んだのを見てようやく、ああ事件のことを尋ねた際の対応を言ってるのかと気づいた。

そういや見舞いに行った翌日、杉本さんから、田宮さんが僕のことをとても気にしていたと聞いた記憶がある。だがあれはもう、一ヶ月も前のことで、僕自身忘れていたというのに、それを丁寧《ていねい》にまあ、と呆れる半分、感心する半分という気持ちで僕は、目の前で頭を下げる田宮さんを見つめていた。

「ほんと、申し訳ない」

それじゃ、と田宮さんは僕にもう一度頭を下げ踵《きびす》を返した。入院ですっかり痩《や》せてしまったという華奢《きゃしゃ》な背中を見ているうちに、僕の中になんともいえない思いが湧き起こってくる。

「別に気にしてない……っていうか、いちいち覚えてないですよ。一ヶ月も前のことなんて」

あとから僕は、なんで自分がそんな行動を取ったのか首を傾げることになるのだが、そのときには何も考えず、田宮さんの背中に向かい、そんな言葉を叫んでいた。

「え？」

田宮さんがびっくりした顔で振り返る。始業前でフロアにそう人はいなかったが、その場にいた全員が僕に、そして唖然とした顔をしていた田宮さんに注目した。

「富岡、お前何言ってんだよ」

早めに席についていた杉本さんが立ち上がり、僕へと向かってこようとする。

「杉本さん、いいですよ」

怒りの表情を浮かべた杉本さんを押さえたのはなんと、田宮さんだった。慌てた様子で先輩の腕を取っている。

「田宮」

「そりゃそうですよ。一ヶ月も前ですからね。俺の中でだけ時間がとまってたみたい」

ははは、と田宮さんが照れたように笑い頭を掻《か》く。

「お前なあ」

「そうだ、杉本さん、この三ヶ月の間、部内で何あったか教えてくださいよ。一応イントラ見たんですけど、なんかもう、浦島太郎《うらしまたろう》そのもので」

「おう、まかせとけ」

田宮さんがわざと話題を逸らしたのがわかっているのかいないのか、杉本さんは胸を張り彼と共に席へと戻っていった。

「…………」

なんだよ、庇《かば》ったつもりかよ——なぜかそのとき僕の胸には、苛立《いらだ》ちとしかいいようのない感情が芽生えていた。

普通に考えれば、悪いのは百パーセント僕だ。わざわざ謝罪してきた田宮さんにつっかかり、嫌味な物言いをした。それを怒った杉本さんを田宮さんが取りなしてくれた、田宮さんに悪いところはまったくなかった——どころか、感謝してもいいくらいだろう。

それなのになぜか僕はそのとき田宮さんに対し、『人を悪者にしやがって』とか『一人でいい子ぶりやがって』とか、そんなマイナス感情を抱いてしまったのだった。

田宮さんの社内での人気がまた、僕のそのマイナス感情を増幅させた。田宮さんは本当に誰からも評判がよく、復活した日ほどではないにせよ、毎日のようにいろんな部署の人間が訪ねてきては彼の体調を労った。

田宮さんはまだ本調子じゃないとのことで、残業はゼロ、朝も遅く来ていいと言われているらしいが、いつも早い時間に出社していた。仕事はほとんど何も与えられていないといった状況で、そのせいで課員たちが皆オーバーワークになっているのを、本人は酷く気にしているふうだった。

「まず身体《からだ》を治せ」

僕は隣の課で、詳しいことはよくわからないが、田宮さんは自分からもっと仕事をやらせてくれ、と課長に頼んでいたらしい。だが課長は田宮さんの体調を気遣い、あと三ヶ月はリハビリ期間にしろ、と彼を窘《たしな》め、課員たちも皆、「大丈夫だ」と自分たちを気遣う田宮さんを逆に気遣ってみせた。

「まったく、お姫様状態なんだよ」

部内で田宮さんのことを悪くいう人はいない。それで、というわけではないが、僕は合コンの幹事をよくやり合っている、同期の西村《にしむら》に田宮さんの話題を振ってみた。

「田宮さんって、あの田宮さん？　殺人事件の容疑者にされた」

西村は同期の中でもナンバーワンと評判の美人で、美人揃《ぞろ》いの人事部では去年二年目にして部長秘書に抜擢《ばってき》された。綺麗なだけじゃなく頭の回転も速い彼女のさばさばした性格と、合コンには必須となる広い人脈が気に入り、彼女は彼女でまったく同じ理由で僕を気に入っていたので、二人はよく飲みに行っていた。

気に入っているのは彼女の握っている情報の多様さもあるのだが、今回も彼女はその『情報』をこれでもかというほど僕に披露してくれた。

「ああ。先週から復帰してるんだよ」

「辞《や》めなかったんだ。やっぱり」

「やっぱり？」

何か知っているのかと尋ねると、西村は「内緒だよ」と念を押してから口を開いた。

「田宮さんの上司が人事部長のところに報告にきたんだけど、お茶出ししてるときにちらっと聞いたんだ。課長が田宮さんに退職勧告に行ったたって。会社としては田宮さんに辞めてもらいたかったみたいなんだよね。やっぱりあの事件のあと、すごい騒ぎになったじゃん？」

「……まあな」

なんだか理不尽な気がしたが、確かに会社の立場としてはそうだろう。頷《うなず》いた僕に西村もまた頷くと、話を続けた。

「田宮さんは被害者だったから、気の毒な話なんだけどね。会社もそれわかってるから、退職金とかかなり乗せるって言ったみたい。でも、田宮さん、断ったんだって」

「そりゃ断るだろ。退職金、いくら乗せるっていっても、一生遊んで暮らせるような金をくれるわけじゃないだろうし、再就職だって難しいだろうしさ」

僕の見解は誰がどう見ても正しいと思う。それ以外に退職勧告を断る理由はないだろうと思ったのに、西村は「それが違うんだよね」となんだか泣きそうな顔になった。

「おい？」

「……頼むからこのまま働かせてほしいって頼んだんだって。事件のことで、世間から色眼鏡で見られることもあるよ、と上司は言ったそうなんだけど、それでも頑張りたいって。そう約束したからって。まだお腹《なか》の傷もふさがってないときだったのに、病院のベッドの上で土下座しようとしたらしいよ。田宮さんのところの課長、男泣きしてた」

「約束って？　誰と？　その課長とか？」

そのときの光景を思い出しているのか、涙ぐんでいる西村に尋ねると、西村は「ううん」と首を横に振り、指先で目尻をこすった。

「『里見と《さとみ》』って言ったんだって」

「里見って、あの事件の犯人じゃなかったか？」

　まさか、と目を見開いた僕の前で西村は「そう」と頷くと、コホン、と小さく咳《せき》払いをし、改めて口を開いた。

「人事部長も、話聞いて驚いてた。田宮さん、自分に罪なすり付けようとした同期を、全然恨んでないんだって。それどころか、同期のこと庇うらしいよ。本当はあんなことしでかすような奴じゃなかった、何かが間違ってしまっただけなんだって。生前彼と、誤解されたままでも、この会社で頑張ると約束したから、辞めたくないって……課長も人事部長に頭下げてた。希望を叶《かな》えてやってほしいって言ってね。なんかそんな場面、見たことなかったから、ほんとにびっくりした」

「……それで、復職が決まったんだ？」

僕の問いに西村は「そう」と頷いたあとに、

「どう？　田宮さん」

と逆に僕に尋ねてきた。

「どうって？」

「元気でやってる？」

「なんだよ、気になんの？」

わざと茶化すと西村は珍しくもむっとした顔になり「そりゃね」とつんとそっぽを向いた。

「元気で頑張ってほしいじゃん。そういういい人にはさ」

「元気だと思うよ。周囲もこれでもかってほど、気ぃ遣ってるしな」

僕の言葉にまた棘《とげ》が生まれる。どうして田宮さんのことになるとこう、嫌味な物言いになってしまうんだろうと一人首を傾げていた僕の前で西村は更にむっとした顔になった。

「なんでって周囲が気を遣うか、考えてみれば？」

「なんでって、病み上がりだからだろ。それに事件の被害者だし……」

僕の答えに西村は「ばーか」と一言告げると「もう帰る」と珍しく向こうから切り出し、

「いくら？」と僕に聞いてきた。

「いいよ、奢《おご》る」

「そ、ごちそうさま」

いつもは奢ってもらったら笑顔のサービスは忘れないというのに、今日は相当むっとしているのか、そのまますたすたと店を出ていってしまった。

「なんなんだよ」

西村も田宮さんのシンパか、と思うと、なんだか倍むしゃくしゃし、それから僕は一人店に居残り、浴びるほどに酒を飲んだ。

聞けば聞くほど、田宮さんの評判は上がっていく。退職勧告に行った上司が、逆に彼の復職を人事部長に頼むなんてエピソード、聞きたくもなかった、と酒を呷《あお》る僕の脳裏に、一度だけ見舞いに行った病院で見たあの、田宮さんの泣きそうな顔が浮かんでいた。

『悪いけど、話したくない……』

「まったく、なんなんだよ」

タンッと勢いよくグラスをカウンターに叩きつけ、叫んだ僕に、店内の視線が集まる。こんなにもみっともなく酔っぱらったことなどなかったのに、と思いながらも僕はその夜、一人その店で、ぐでんぐでんになるまで酔っぱらってしまったのだった。

その日から僕の、田宮さんへの『口撃』はより活発になった。

「田宮さん、本当にあんなでかい案件、仕込んだんですか？　今、たいした仕事してないのに？」

「お前、いい加減にしろよ」

僕が田宮さんのことを悪く言うと、部の人間たちは皆、彼を庇う。

「だって信じられないんですよ。そんな能力あるんですかねえ？」

「今は身体が本調子じゃないから、業務量が減らされてるんだ。復調したらわかるよ」

「そうだよ。田宮はコツコツ型の上に閃《ひらめ》きがある。そのうちにお前にもわかるよ」

そうやって僕を諭《さと》そうとする先輩もいれば、

「いい加減殴るぞ？　お前、田宮の何が気に入らないんだ？」

そう言って本当に殴ろうとする、杉本さんのような先輩もいた。

「別に」

何が気に入らないのか——それは僕自身が知りたいことだった。もともと僕は、他人に対してそんな、興味を抱くタイプじゃない。今までの人生、実にマイペースに、自分は自分と思って生きてきたのに、なぜ彼に限って——田宮さんに限って、こうも気になるのか。なぜ彼に限って、自分の前に立ちはだかる存在と思ってしまうのか。

田宮さんが開拓した商権以上の案件を獲得することが、いつしか僕の目標となった。頑張りの甲斐《かい》あり、運もいいように回って、その目標はあっという間にかなえられたのだが、不思議と達成感はなかった。

「すごいじゃないか」

「おめでとう」

皆が口々に称賛の言葉を口にする。その中には田宮さんもいたというのに、僕は少しも彼に『勝った』気になれないでいた。

どうしてなんだろう——今、閑職にいる田宮さんと僕とでは、誰がどう見ても僕が『勝者』だろうに、依然として僕の前には田宮さんが立ちはだかっている。苛立ちが募り、それまでは『陰口』でしか言ってなかった言葉を、本人にぶつけたこともあった。

「田宮さん、ほんとに昔は仕事、できたんですか？」

「え？」

昼休み、ちょうどフロアに二人きりになったときに、僕は田宮さんにそう尋ねたのだが、田宮さんは相当驚いた顔をしたものの、何も言い返してはこなかった。

「信じられないんですよね。田宮さんがあんな大きな案件仕込んだだって」

無視かよ、と思うと更に頭に血が上り、尚も彼を挑発するようなことを言ったのだが、田宮さんは「本当だよ」とだけ言うと席を立ち、フロアを出ようとした。

「待ってくださいよ」

あとを追おうとしたところに杉本さんがやってきて「どうした」と田宮さんに尋ねた。しまった、言いつけられるかなと思ったが、田宮さんは「いや、別に」と引き攣《つ》った笑いを浮かべ、杉本さんに対して首を横に振っていた。

杉本さんに言えば彼が僕を詰《なじ》るだろうと予測していたためだとはわかったが、相手にされていないようで、非常に面白くなかった。それ以降も僕は田宮さんに絡みに絡んだが、田宮さんは僕の嫌味をさらりと流し、相手にもしてこなかった。

「トミー、あんた、評判悪いよ」

ある日、西村に呼び出され僕はそんな注意を受けた。彼女が僕を呼び出した目的はその注意ではなく、合コンの誘いだったのだが、彼女からそんな指摘を受けたことがなかった僕は驚いて、「なに？」と思わず問い返してしまった。

「田宮さんにやたらと絡んでるって聞いたよ。おかげで部内で浮いてるそうじゃない。なんで？　クールが売りじゃなかったの？」

「別に絡んでないよ。ただなんか、むかつくんだよな」

僕の言葉に西村は心底驚いたように目を見開いた。

「むかつく？　なんで？　なんか接点、あったっけ？」

彼女に言われて僕は初めて、確かに接点などないかと気づいた。なのになぜ僕は、彼に『勝てない』などと思ってるんだ、と密《ひそ》かに首を傾げていた僕の耳に、西村の呆れた声が響く。

「別に何されたわけじゃないんでしょう？　なのにむかつくんだ？　珍しいよね。トミーが他人の悪口言うなんてさ」

「別に珍しくないさ。いつもお前の悪口言ってるぜ」

「お生憎《あいにく》様。私も言ってるから安心して」

西村はきっちりとそう返したあと、ちら、と僕を見てとんでもないことを言い出した。

「なんかトミーのやってること、小学生の男の子が好きな女の子苛《いじ》めてるみたいよ」

「ばーか、そのたとえ、いろんな意味で間違ってるぞ」

笑って言い返したものの、実は彼女の言葉はやたらと僕の胸に刺さっていた。

「まあそうだよね。こんな合コン好きが、ゲイのわけないしね」

あはは、と西村は笑い、僕も「当たり前だろ」と笑ったが、一度刺さった言葉の棘はなかなか抜けてはいかなかった。

そんなときに、僕は見てしまったのだ。部内旅行で行った温泉地で、田宮さんが男の胸にしっかり抱かれている姿を——。

田宮さんの入院中、病院で見かけた関西弁の男だということはすぐわかった。同時に僕は、自分がなぜこうも田宮さんのことを気にするのか、その理由も理解していた。

なんてことはない。西村の洞察は鋭かったのだ。僕の田宮さんへの仕打ちは、好きな女の子に振り向いてもらいたくて、必死になってちょっかいをかけている、そんな小学生男子と同じレベルのものだった。

勝ち負けの問題じゃないのだ。ずっと目の前に田宮さんが立ちはだかっていたのは、単に彼のことが好きだったからだ、と気づいたらなんだか、身体から力が抜けた。

男を好きになるなんて、と、自分の嗜好《しこう》に驚かされたが、よく考えてみたら今までの人生で、僕の前に立ち塞《ふさ》がった相手は田宮さん一人だった。

男とか女とか、そんなことは僕には関係がない。パートナーがいようがいまいが、それも関係ない。

そう、僕は挫折を知らない人生を今まで歩んできたのだ。これから先にも僕の前には『挫折』はない。

あれから――まあ、いろいろあって、僕は田宮さんに想いを打ち明け「好きな人がいるから」と玉砕した。それでも毎日彼にアプローチを続けるのは、『挫折』を知らない自分のモットーに従った行動を取っているからと、もう一つ、想いを受け入れて貰《もら》えること以上に、彼の傍《そば》にいる、彼の役に立つということだって、考えようによっては『挫折』じゃないじゃないかと思っているからである。

「お前、いい加減にしろよな」

ぶっちゃけ、田宮さんは僕のそんなアプローチを一ミリたりとて喜んじゃいない。迷惑にしか感じていないことはわかりきっているけれど、そこでめげないのが『挫折を知らない』男の強みだということも、そのうちに彼に認めさせてやろう――スーパーポジティブな僕はそう目論《もくろ》んでいる。

いや〜〜〜〜
挫折をも前進する力に変える…
どうもトミーです
僕ってホント強い男ですよねぇ…
あら！強いて言ったらサメも中々のもんよっ
へ？
鉛の玉をくらってもこの通り平気なんだから♡
平気じゃねえよ!!
入院したし!!!
あのー僕の言う強さってそーゆーのじゃなくて…
ちょっと待った!!!

強さなら
この小池も
たいしたモンでっせ
ちょ！
藤本さん！
誰…？
確か
大阪の
刑事さん…
おお〜
スゴイ…
何せ あの
高梨警視の
マジ蹴りを
喰ろても
目ェ覚まさんと
爆睡してた
奴ですから
!?
え
俺？
蹴り？
誰が
誰を？？
お前
大物やな
頑丈にも
程がある…

あとがき

はじめまして&こんにちは。愁堂れなです。このたびは七冊目のルチル文庫『罪な回想』をお手に取ってくださり、本当にどうもありがとうございました。

ルチル文庫様での罪シリーズ三冊目、シリーズ第八弾となります。実はこの『罪な回想』ですが、以前HPに掲載していました（後に同人誌としても発行）『夏への扉』『夏への扉2 郷愁』、それに書き下ろしを加えたものとなっています。

ご存じの方も多いかと思うのですが、罪シリーズ一作目『罪なくちづけ』（旧タイトル「見果てぬ夢」）はもともとHP（「シャインズ」）に掲載していた作品で、それを出版社様が気に入ってくださり私の商業誌デビュー作となりました。

書いた当時はまさか商業誌として発行いただけるとはまったく考えていなかったので、HPのほうで前述の二作品を先に掲載していたのですが、そこにごろちゃんの稲荷寿司のエピソードや、納刑事の初登場シーン（『夏への扉』）、それに小池刑事がいい人？になったエピソード（『郷愁』）を書いていたため、HPや同人誌をご覧になれない方もいらっしゃるし、いつか商業誌化できたらいいなあとずっと考えていました。

このたび、ルチル文庫様より、今までご発行いただいた罪シリーズのノベルズをすべて出し直してくださるというとても有り難いお話をいただきましたので、この機会に、と担当様にご相談したところ、ご快諾くださいました。

『罪な回想』は「いつも○○なところで邪魔が入る」というちょっとおふざけ系、『罪な郷愁』は、HPの「こんなシーンを読みたいリクエスト投票」で一位になった『嫉妬に狂う良平』のシーンを書いたお話です。作中出てくる「ホテル浦島」は実は数年前になくなってしまったのですが、それこそ郷愁を感じていたので今回敢えてそのままにさせていただきました。因みに藤本刑事の息子さんのエピソードは『罪な宿命』でも出てきます。

書き下ろしはトミーのごろちゃんファーストインプレッション編です。あまり書く機会のないごろちゃんの会社での姿や、お子様？　トミーをお楽しみいただけると嬉しいです。

かなり昔に書いたものなので、「ひゃ〜（汗）」と恥ずかしさに赤くなったり青くなったりしつつ、今回文庫化いただくにあたり随分手を入れました。シリーズが始まったばかりで、まだ照れのある初々しいごろちゃんや、仕事のときには標準語を話しているまだお堅い良平を、既読の皆様にも未読の皆様にも、少しでも楽しんでいただけるといいなあとお祈りしています。

陸裕千景子先生、大変お忙しい中、素晴らしいイラストをどうもありがとうございました！　今回、以前の作品を読み返すにあたり、『罪なくちづけ』で初めて陸裕先生のキャララフを見せていただいたときのことが走馬燈のように蘇ってきました。

良平もごろちゃんも本当にイメージどおり、いえ、イメージ以上に素晴らしく、めちゃめちゃ感激、大興奮したものですが、シリーズを重ねても毎度毎度、同じ感激、同じ興奮を味わわせていただいています。いつも本当にどうもありがとうございます！

　今回は懐かしいごろちゃんと良平、それに初登場のサメちゃんを描いていただけて本当に嬉しかったです。今後ともどうぞよろしくお願い申し上げます。

　担当のO様にも心より御礼申し上げます。毎回書いているような気がしますが、パワフルなO様にはいつもパワーをいただいています。これからも頑張りますので、どうぞよろしくお願い申し上げます。

　最後に何よりこの本をお手に取ってくださった皆様に御礼申し上げます。いつものシリーズとはちょっと雰囲気が違う本書が、皆様に少しでも楽しんでいただけるといいなあと祈っています。よろしかったらご感想をお聞かせくださいね。心よりお待ちしています！

　次のルチル文庫は来月unisonシリーズ第三弾『concerto～協奏曲～』をご発行いただける予定です。unisonシリーズの中では個人的に一番盛り上がりを感じている作品です。よろしかったらどうぞお手に取ってみてくださいね。

　また皆様にお目にかかれますことを、切にお祈りしています。

平成二十年八月吉日

愁堂れな

（公式サイト「シャインズ」http://www.r-shuhdoh.com/）

✦初出　罪な回想……………………個人サイト掲載作品「夏への扉」（2002年4月）を改題して加筆修正
納刑事の入院日記…………個人サイト掲載作品（2002年4月）
罪な郷愁……………………個人サイト掲載作品「郷愁」（2002年5月）を改題して加筆修正
スーパーポジティブ………書き下ろし
コミック……………………描き下ろし

愁堂れな先生、陸裕千景子先生へのお便り、本作品に関するご意見、ご感想などは
〒151-0051 東京都渋谷区千駄ヶ谷4-9-7
幻冬舎コミックス　ルチル文庫「罪な回想」係まで。

幻冬舎ルチル文庫

罪な回想

2008年 8 月20日　第１刷発行
2011年12月20日　第２刷発行

✦著者　愁堂れな　しゅうどう れな

✦発行人　伊藤嘉彦

✦発行元　株式会社 幻冬舎コミックス
〒151-0051 東京都渋谷区千駄ヶ谷4-9-7
電話 03(5411)6432［編集］

✦発売元　株式会社 幻冬舎
〒151-0051 東京都渋谷区千駄ヶ谷4-9-7
電話 03(5411)6222［営業］
振替 00120-8-767643

✦印刷・製本所　中央精版印刷株式会社

✦検印廃止

ISBN978-4-344-81406-6　C0193　Printed in Japan